Das Salz in der Suppe – sind wir

Von Chiemgau-Autoren e.V.

© 2020 Chiemgau-Autoren e. V.
Layout: Christine Heimannsberg
Covergestaltung: Annemarie Singer
Coverfoto: Dr. Reinhold Schneider
Redaktion: Uta Grabmüller
Herstellung und Verlag: BoD – Books on Demand GmbH., Norderstedt
Gedruckt in Germany

Bibliografische Information der Deutschen Nationalbibliothek: Die Deutsche Nationalbibliothek verzeichnet diese Publikation in der Deutschen Nationalbibliografie; detaillierte bibliografische Daten sind im Internet unter http://dnb.dnb.de abrufbar.

ISBN: 9783751901451

Das Salz in der Suppe – sind wir

Herausgeber:

Chiemgau-Autoren e.V.

Inhaltsverzeichnis

Wirkungen – heilend, wegweisend

Natur – bereichernd, Staunen lehrend

Leben – berührend, bewegend

Geschichte – geschehen, vergangen

Vorwort

Salz. Salz ist weiß. Weißes Gold, heißt es. Aber Salz enthält noch viel mehr Farben. Die Physik nennt die Aufspaltung des weißen Lichts in die Spektralfarben Farbzerlegung. Eine solche Farbzerlegung versucht der Verein Chiemgau-Autoren e. V. mit diesem kleinen Buch: Die Autorinnen und Autoren zeigen das ganze Farbspektrum von Salz mit Mitteln der Sprache. Und Sie, liebe Leserin, lieber Leser, werden staunen, wie viele farbige Themen Sie im Salz entdecken werden!

Das Jahr 2019 stand in Südostbayern unter dem Zeichen des weißen Goldes: 400 Jahre zuvor war die Soleleitung von Reichenhall nach Traunstein gebaut worden, und hier hatte man im gleichen Jahr die Saline in der Au in Betrieb genommen.

Die Soleleitung war eine technische Innovation, der Bau eine Ingenieursleistung besonderer Art, und die Saline verhalf der Stadt Traunstein zu wirtschaftlichem Aufschwung. Auch wirkte sich die Salzgewinnung stark auf die Natur aus: Die Wälder waren der Holznutzung ausgesetzt, denn die Saline hatte einen immensen Bedarf an Energie zum Befeuern der Sudpfannen …

Dieses Thema stand 2019 also im Mittelpunkt vieler Feiern und Kulturveranstaltungen, wurde doch im selben Jahr auch der Salinenpark in Traunstein mit Solepumpe und Förderrad als sichtbare Erinnerungen an die salzreiche Vergangenheit der Stadt gebaut; sie prägt heute das Stadtbild an der Salinenstraße.

A propos „salzreich": Wussten Sie, dass die römischen Legionäre seinerzeit einen Teil ihres Sold in Salz erhielten? Das war das *salarium*, und daraus leiten sich die noch heute bekannten Wörter *Salär, salaire* und *salary* ab. Salz war also wirklich Gold wert.

Von der Wörtersuche ist es kein großer Schritt zu den vielen Redewendungen, die dazu passen: „Salz ins Meer tragen", „Salz in die Wunde streuen", „kaufen wie ein Salzmann", „nicht immer auf dem Salz sitzen", „keinen Zentner Salz mehr essen", „zur Salzsäule werden", „ins Salz hacken", „das Salz bringen, wenn die Eier gegessen sind", „mit Brot und Salz zufrieden sein", „attisches Salz", „gesalzene Preise" und vieles mehr.

All dies befeuerte die Phantasie der Chiemgau-Autoren, jenes Vereins in der Chiemsee-Region, der Schriftstellerinnen und Schriftsteller jedes Genres miteinander verbindet und ihnen Gelegenheit gibt, das Handwerk des Schreibens und die Kunst der Literatur auf vielfältige Weise auszuüben und zu präsentieren. Mehr steht im Netz: www.chiemgau-autoren.de

„Salz" also war das Rahmenthema eines Projekts, mit dem sich der Verein Chiemgau-Autoren an den Chiemgauer Kulturtagen 2019 beteiligte. Dem Aufruf unter dem Motto „Das Salz in der Suppe sind wir" folgten 25 Autorinnen und Autoren, die die vielen Facetten von Salz in Prosa und Lyrik packten. Daraus entstand ein ganzes Mosaik an Texten. Wir brachten sie in einer großen Lesung im Juli 2019 in der Soleleitungsstation Klaushäusl bei Grassau zu Gehör. Und hier möchten wir Ihnen nun das Farbspektrum von Salz in seiner ganzen Streubreite zum Nachlesen anbieten! Sie werden staunen, wie viele Farben im *weißen Gold* stecken. Machen Sie sich selbst ein Bild. Wer will denn schon ein salzloses Leben führen?

Uta Grabmüller

Präambel

Annette Hendl

Das Salz in der Suppe sind wir, die Autorinnen und Autoren

Überlieferte Geschichten haben die Menschen schon immer fasziniert. Ja, man hat oft den Eindruck, dass Autoren und Autorinnen durch ihre Geschichten auf die Lebensgestaltung des Lesers und sogar auf die Entstehung oder den Untergang eines Volkes, einer Kultur oder einer Religion großen Einfluss genommen haben. Sei es bei Homer, bei den Nibelungen oder auch bei den Märchen der Gebrüder Grimm.

Die Macht des geschriebenen oder gesprochenen Wortes hat bis heute nicht an Kraft verloren. In den heutigen Medien ist sie Fluch und Segen zugleich. Spätestens seit wir Menschen wissen, dass man Bilder und Texte manipulieren kann, bleibt ein fader Beigeschmack wegen des Zweifels über die Richtigkeit der Informationen. Aber die Faszination an einem Buch ist ungebrochen. Schon kleine Kinder bekommen große Augen bei Bilderbüchern oder vorgelesenen Geschichten.

Deswegen sollten wir Autorinnen und Autoren uns bewusst machen, dass wir als kleine Salzkristalle viel mehr sind als nur die Würze für den Wohlgeschmack. Unsere Bücher und Geschichten sind nicht nur unterhaltend. Nein, sie sind mehr als das. Sie sind auch Wegweiser zu allen Fragen des Lebens. Sie trösten in schweren Lebenskrisen, geben Hoffnung und machen Mut. Sie zeigen fremde Länder, erzählen über deren Kulturen. Autorinnen und Autoren öffnen mit ihrem Schreiben das Tor zur Welt – und auch darüber hinaus. Dadurch verschwimmen die Grenzen, es scheint alles möglich zu sein. Und damit wird auch die Hoffnung auf Weltfrieden wieder etwas greifbarer.

Autoren und Autorinnen, greift zu den Stiften, schaut nicht weg. Sondern erdichtet eure Geschichten, schreibt über Missstände, macht aufmerksam auf Fehler in den vergangenen Zeiten, damit sie sich nicht wiederholen. Nutzt eure Kraft, um die Welt für unsere Kinder und Kindeskinder zu erhalten.

Denn das Salz in der Suppe des lebenswerten Lebens sind wir, die Autorinnen und Autoren.

Wirkungen – heilend, wegweisend

Die Salzkur

Gudrun Bielenski

„Sie brauchen sofort eine Kur. Sie müssen sich ausruhen. Ich würde Ihnen Sylt empfehlen!" Dr. Schmalz redete mit eindringlichen Worten auf seine Patientin ein. Cynthia lachte hysterisch auf. „Eine Kur? Und auch noch nach Sylt? Unmöglich!"

„Wir haben doch schon alles probiert. Wenn Sie Ihre starken Allergien loswerden wollen, müssen Sie eine Kur machen. Und Anwendungen mit Salz!"

Cynthia schaute ihren Arzt misstrauisch an. „Warum mit Salz? Das brennt doch!"

„Am besten wirken bei Ihnen Solebehandlungen. Das sind Umschläge mit einer leichten Salzlösung. Und die frische Nordseeluft tut Ihnen gut. Ich schreibe Ihnen jetzt eine Überweisung."

Cynthia protestierte: „Jetzt sofort? Sie kennen meinen Terminkalender nicht."

Dr. Schmalz wurde langsam ungeduldig mit seiner störrischen Patientin. „Natürlich jetzt, wann denn sonst? Wollen Sie noch länger mit Ihren offenen Beinen leben? Gönnen Sie sich endlich eine Auszeit!" Er überreichte ihr das ausgefüllte Formular mit den Worten: „Viel Spaß in Sylt!"

Kurze Zeit später saß Cynthia, wie in Trance, in der Münchner U-Bahn, um nach Hause zu fahren. Ihr war das alles zu schnell gegangen.

Daheim machte sie sich zuerst einmal eine Kanne Tee und setzte sich auf ihr gemütliches Sofa. Die Worte des Arztes klangen in ihren Ohren nach.

Eine Kur? Jetzt? Ihr Terminkalender war voll. Sie hatte hart dafür gearbeitet. Eine Auszeit erschien ihr unmöglich. Sie blickte auf ihre langen, schlanken Beine, die übersät waren mit roten, aufquellenden Pusteln. Ihre schönen Beine waren ihr ganzer Stolz gewesen. Und jetzt? Sie konnte schon lange kein kurzes Kleid mehr tragen. Oder nur zu Hause, wenn sie keiner sah. Cynthia wurde traurig. Und sie spürte, wie ihr die Tränen herunter liefen. Ihr Handy summte. Cynthia ignorierte es.

Das Handy machte sich erneut bemerkbar. Cynthia las mit tränennassen Augen: „Hallo Cynthia, nächste Woche ist Meeting in Berlin. Wir erwarten dich dringend."

„Ach lasst mich doch in Ruhe mit eurem Meeting," schrie sie und warf das Handy auf das Sofa. Und dann begann sie zu schluchzen. Ihr Freund hatte mit ihr Schluss gemacht, weil sie zu wenig Zeit für ihn hatte. Sie fühlte sich plötzlich ganz alleine auf der Welt.

Cynthia schlief in dieser Nacht sehr schlecht. Sie hatte einen schrecklichen Traum. Ihre Kollegen standen um sie herum und redeten auf sie ein. „Das Meeting, wir warten auf dich! Du musst es leiten! Du bist zu spät! Du weißt, was auf dem Spiel steht, wenn du auf der Karriereleiter weiterkommen willst. Das Meeting, das Meeting, das Meeting!" hämmerte es an Cynthias Ohren. Sie fuhr hoch und schrie: Lasst mich in Ruhe!" Ihre Gedanken drehten sich im Kreis. Und ihre Beine juckten wie verrückt.

Am anderen Morgen tippte sie schnell und entschlossen in ihr Handy: „Kann nicht kommen, brauche eine Auszeit!"

Kaum war die Nachricht gesendet, bekam sie Zweifel und Schuldgefühle.
Das Handy summte. Cynthia las: „Du spinnst wohl, was sollen diese Macken?"
„Jetzt bin ich den Job los!", murmelte sie. Nervös ging sie in ihrem Zimmer auf und ab. Und am liebsten hätte sie sich nur noch gekratzt. „Jetzt ist eh schon alles egal, und der Job hat mir auch nicht mehr gefallen."
„Ich komme gar nicht mehr", sendete sie zurück.

Zwei Tage später stand sie mit ihrem Koffer in der Nordseeklinik von Sylt.

katalin jesch

kristalle

das leben
öffnet kreise
einen dann noch einen
wie in einem spiel

jahrhunderte
schreiben sich
von einer wirklichkeit
in die nächste

worte rieseln
unter all unseren
möglichkeiten
zeilen

wellen ziehen vorbei
was bleibt
eine prise salz
zwischen den fingern

vielleicht

Erschienen 2020 in: Edition Tandem.

Meine Reise nach Eilat

Reinhold Schneider

Sie begann in Frankfurt an einem tristen Novembertag. Gaby war mal wieder streitsüchtig, und ich hatte das dringende Bedürfnis zu verreisen. Da ich auf die Frage der freundlichen Dame im Reisebüro, wo`s denn hingehen solle, keine rechte Antwort wusste, fragte ich zurück, wo es denn noch warm wäre. Nach kurzer Überlegung brachte sie Israel ins Spiel.

Der Rucksack war schnell gepackt, und bereits am nächsten Abend landete ich in Eilat, der größten Küstenstadt am Roten Meer. Als ich den Campingplatz erreichte, war es bereits finster, und so baute ich im Schein meiner Taschenlampe mein Zelt auf, machte den Reißverschluss hinter mir zu und schlief augenblicklich ein.

Während ich am nächsten Morgen aus dem Zelt kroch und mich aufrichtete, bot sich mir ein skurriles Bild. Neben meinem stand noch ein weiteres, aber sonst waren weit und breit keine anderen Zelte zu sehen. Neben mir raschelte es, und ein junger Mann kam zum Vorschein. Mein neuer Nachbar hieß Klaus, war Fleischwarenfachverkäufer und kam aus Nürnberg. Sein Arzt hatte ihm gegen seine Neurodermitis eine Badekur am Toten Meer verschrieben. Dort hatte er zwei Wochen verbracht und war jetzt auf der Heimreise. Er erklärte mir, dass dieses Wasser einen Salzgehalt bis zu 33 % hätte und gut gegen Hautkrankheiten aller Art sei. Und dass dies an seiner einzigartigen Mineralzusammensetzung läge.

Klaus verabschiedete sich Richtung Flughafen, und ich machte mich zu einem späten Frühstück ins Camping Restaurant auf.

Viele Jahre später, ich war inzwischen nach München gezogen, saß ich in einem Vortrag, in dem es um eine Alternative zur schulmedizinischen Behandlung von Fußnagelpilz ging. Das Produkt, das verkauft werden sollte, war eine Creme aus Israel, in der Mineralsalze vom Toten Meer enthalten waren. Sie kostete 85 € bei der Referentin und über die Hälfte mehr, wenn man sie über eine Adresse in Israel bestellte. Da ich mir dieses Schnäppchen nicht entgehen lassen wollte, reihte ich mich in die Schlange vor dem Referententisch ein. Plötzlich kam ein gut gekleideter Mann lächelnd auf mich zu. Ich erkannte ihn sofort. Es war Klaus aus Israel. Stolz erzählte er mir, dass er noch ein weiteres Mal am Toten Meer gewesen sei und dabei zufällig den Vertriebsleiter von Medical Salt International kennen gelernt hätte. So kam er dann zu seinem neuen Job als Vertriebsleiter für Süddeutschland und war gerade dabei, die überaus ansehnliche Referentin als neue Mitarbeiterin einzuarbeiten.

Als er nach unserer Verabschiedung in seinen Porsche 911 einstieg, dachte ich an die gesalzenen Preise seiner Cremes. Offensichtlich kann man nicht nur mit Steinsalz steinreich werden – es funktioniert auch mit Meersalz.

Ach ja, und dass er seine Neurodermitis losgeworden sei, sagte er noch durch das geöffnete Fenster, bevor er seinen 911er aufheulen ließ und davonbrauste. Kein Wunder dachte ich mir, bei diesem schicken Umfeld.

Seit diesem Tag steht die kostbare Creme ungeöffnet in meinem Badezimmerschrank und erinnert mich an Klaus. Ein bisschen neidisch auf seinen 911er war ich schon. Ob er mittlerweile Ferrari fährt?

Gibt Salzverstreuen Streit?

Anni Stiegler

»Hey, was machst du, Herr Gussew?« So abweisend und ärgerlich konnte Galina werden. Lenas Vater schien das Gezeter nicht zu berühren. Noch an der Tür erkannte Lena mit einem Blick den Grund für die Empörung der Pflegerin. Nur ihr Vater schien die Ursache für die Verärgerung nicht mit seinem Handeln in Verbindung zu bringen. Er fuhr unbeirrt fort, mit dem Zeigefinger in einer auf dem Tisch angehäuften Masse weißer Kristalle hin und her zu fahren. Das war Salz! Dem Anschein nach hatte er den Salzstreuer aufgeschraubt und den Inhalt auf den Tisch geschüttet.

»Hallo Papa!«, begrüßte Lena ihren Vater. Mit weit aufgerissenen Augen schaute er sie an. Vorsichtig, wie bei einem Kind, nahm sie seine Hände und beseitigte ein paar Salzkrümel. Seine einst starken Hände fühlten sich kraftlos an. »Salzverstreuen gibt Streit!«

Wehrlos ließ er alles geschehen. So, wie er sie anschaute, meinte sie, in seinem Gesicht ein verlegenes Grinsen wahrzunehmen.

Nach einem längeren Klinikaufenthalt vor einem Jahr stimmte sie der unvermeidbaren Einweisung in die Seniorenresidenz zu. Sie besuchte ihn täglich, aber seither kam kein Wort mehr über seine Lippen. Der Arzt meinte: »Eine vaskuläre Demenz!«

Manchmal dachte Lena, in seinem Blick etwas Suchendes zu entdecken. Heimweh? In einem kleinen Städtchen namens Swenigorod an der Moskwa nahe Moskau geboren, hatte er seine Heimat nach dem zweiten Weltkrieg nie wieder gesehen. Und jetzt saß er hier, mit fast hundert Jahren, starrte auf die Spuren im Salz. Lena schob einen Stuhl zu ihm an den Tisch, setzte sich, zupfte an seinem Hemdkragen. »Wie geht es dir, Papa?«

Die meisten Senioren waren am Vormittag bei der Bewegungstherapie oder beim Basteln. Nicht so ihr Vater. Er harrte schweigend aus, in dem Speiseraum, der ebenso als Aufenthaltsraum genutzt wurde.

»Du sitzt hier heute ganz allein? Ist Frau Gruber heute nicht da?« Lena hatte nie aufgegeben, mit ihrem Vater zu reden.

Der Platz ihres Vaters war am Ende einer langen Tafel. Gegenüber, auf der anderen Seite des Tisches saß für gewöhnlich Frau Gruber in ihrem Rollstuhl. Ihre wenigen dünnen Haare waren weiß, lang und seidig wie Engelshaar. Meist saß sie mit geschlossenen Augen da. Bisweilen ließ sie den Kopf auf die Tischplatte sinken und schlief. Viele Stunden verbrachten die beiden Senioren an diesem Tisch, mit dem Salzstreuer und dem jahreszeitlichen Blumenschmuck in der Mitte. Zwischendurch, wenn sie aufwachte, sah man in klare, helle, fast türkisfarbene Augen. Sobald sie sich aufrichtete, ergriff ihr Vater den Salzstreuer aus der Mitte und schob ihn, mit erwartungsvoller Miene, langsam bis zu der Stelle, wo die alte Dame gut hinreichen konnte. Die Frau hielt einen Moment inne, die Blicke der beiden begegneten sich. Dann nahm sie ihrerseits das kleine Salzgefäß und schob es zurück. So ging es hin und her. Ein einvernehmliches stillschweigendes Ritual, das sie vollzogen, immer mit dem gleichen Maß an Achtsamkeit.

Galina war hinausgegangen, um Schaufel und Besen zu holen. Galina war Ukrainerin. Als sie zurückkam, um das verschüttete Salz aufzukehren, schimpfte sie missmutig in ihrer Muttersprache. Mit der Hand schob sie das Salz vom Tisch auf den Boden, hockte sich hinunter, um es alsdann auf die Kehrschaufel zu schieben.

Lenas Vater schüttelte ganz langsam den Kopf, kräuselte die Stirn. Und dann, urplötzlich, redete er in russischer Sprache. Lena verstand kein Wort. Wie lange hatte sie ihn nicht reden gehört? Hatte er seine Muttersprache nicht lange vorher schon vergessen? Was passierte da in seinem Kopf? Was tauchte da auf, aus der Erinnerung? Es war ein Gedicht!

Nie hatte sie ihn so reden gehört.

Galina hielt lächelnd inne. Noch mit der Schaufel in der Hand, legte sie den Arm um Lenas befremdet dreinschauenden Vater, drückte ihn fest. Versöhnt sagte sie: »Sind Zeilen von Alexander Puschkin, Gedicht, was haben wir gelernt in Schule.« Sie wiederholte die Worte in der fremden Sprache:

Я помню чудное мгновенье:

Передо мной явилась ты,

Как мимолётное виденье,

Как гений чистой красоты.

В томленьях грусти безнадёжной,

В тревогах шумной суеты,

Звучал мне долго голос нежный,

И снились милые черты.

Lena küsste ihrem Vater die Stirn. «Papa, was sagst du da?» Doch er hatte wieder diesen gedankenversunkenen Blick und antwortete nicht.

Sie war noch einige Zeit bei ihm geblieben, hatte gehofft, er könne noch einmal etwas sagen. Bloß – jetzt blieb er stumm.

Später las sie die Übersetzung:

Ein *Augenblick* ist mein gewesen:

Du standst vor mir mit einem Mal.

Ein rasch *entfliegend' Wunderwesen.*

Der *reinen Schönheit* Ideal.

Im schmerzlich *hoffnungslosen Sehnen.*

Im *ew'gen Lärm* der Menschenschar,

Hört' ich die *süße Stimme* tönen.

Träumt' ich das milde Augenpaar.

Salz

Sybille Trapp

Salz
Edler Stoff
Dein schlichter Kristall
Ein endloses Würfelreich

Salz der Erde
Weißes Gold
Von allen begehrt
Mit Edelsteinen aufgewogen
Galtest du den Alten als Geschenk der Götter

Salz des Lebens
Salz der Tränen
Salz der Mühen
Spüren wir auf unsrer Haut

Salz der Welt
Sanft entschlafen wir
Im wärmenden Schein deines Lichts.

Nachhilfeunterricht eines Naturwissenschaftlers

Peter Witt

Es wird immer erklärt, die großen Romane der Weltliteratur seien unerhört komplex und schwer zu verstehen. Um ein einigermaßen brauchbares Verständnis für deren Vielschichtigkeit zu erlangen, müsse man viel Zeit und Anstrengung aufwenden. Dies ist eine Zwangsvorstellung der Geisteswissenschaften. In Wahrheit lassen sich diese Werke ganz leicht naturwissenschaftlich erklären.

Beispiel: Johann Wolfgang von Goethe *Die Wahlverwandtschaften.*
   Man gebe in ein Reagenzglas mit Wasser jeweils eine Spatelspitze Silber-Nitrat und Natrium-Chlorid (Kochsalz). Es entsteht ein weißer Niederschlag von Silber-Chlorid (AgCl): $AgNO_3 + NaCl \rightarrow AgCl + NaNO_3$
   Goethe schuf seinen Roman um das Paar Eduard-Charlotte. Otto und Ottilie kamen hinzu. Die Affinität Eduards zu Ottilie war stärker, Neues entstand. Ähnliches lässt sich in jeder Form von Dichtung nachweisen. Wie dies auch Michel Houellebecq in *Elementarteilchen* treffend bemerkte: Die anfangs getrennten Substanzen, seien es Personen oder Gedanken, „brauchte man nur zusammenzubringen, und schon reagierten sie heftig, gingen blitzschnell neue Verbindungen ein."

Natur – bereichernd, Staunen lehrend

Auf der Salzwiese

Gudrun Bielenski

Der Frühling ist da! Auf der Salzwiese am Kampener Watt auf Sylt ist der Teufel los. Pfuhlschnepfen, Rotschenkel, Seeschwalben, Säbelschnäbler, alle kämpfen sie um die besten Brutplätze. Am lautesten und in der Überzahl sind die Möwen. Sie kreischen um die Wette. Die Austernfischer sind auch schon da und lassen sich auf den Salzwiesen nieder. Natürlich treffen sich da auch alte Bekannte wieder.

„Ja, das ist aber eine Überraschung! Rosa, ich habe dich sofort erkannt, an deinen schönen, leuchtend roten Beinen." Elvira stakst mit großen Schritten auf sie zu.

„Elvira, so eine Freude!", ruft Rosa aus, und beide reiben ihre roten langen Schnäbel aneinander.

„Seid ihr heute angekommen?", will Elvira wissen.

Rosa nickt. „Es war eine lange und beschwerliche Reise. Du weißt ja, dass wir uns immer den Winter über in Nordafrika aufhalten, in Marokko. Aber das Wetter ist nicht mehr so beständig wie früher. Heuer gab es schwere Stürme und vor allem viel Regen."

„Und das Essen – manchmal hatte ich sogar einen öligen Geschmack im Schnabel! Igitt! Ich bin so froh, dass ich wieder da bin auf unserer schönen Salzwiese.

Die Auswahl der Speisen hier ist unvergleichlich. Der Salzkäfer, der Dickkopf-falter, die leckeren kleinen Sandwürmer! Und wo wart ihr?"

„Wir bekamen einen Geheimtipp: Südspanien! Da sparten wir uns den Flug über das Meer. Und stell dir vor, die Lydia war sogar in Indien."

„Die ist doch auch nicht mehr die Jüngste, oder?", flüstert Rosa.

Beide drehen ihre Köpfe nach rechts und zeigen mit ihrem Schnabel auf Lydia.

„Ist sie noch mit ihrem Mann zusammen?"

„Ja, wieder, ich glaube, sie hatten eine Ehekrise in Indien. Ihr Mann hatte sich dort in eine hübsche Schlangenhalsvogelfrau verliebt, munkelt man. Er wollte sogar dort bleiben. Aber sie zog dann einen Artgenossen vor."

„Die Ehe ist halt doch nicht mehr so beständig wie früher, so wie bei den Menschen auch. Wie läuft es bei euch?"

Elvira strahlt. „Wir sind so verliebt, obwohl wir schon zwölf Jahre zusammen sind. Ich will es heuer noch mal probieren. Und Holger will es auch. Wir haben uns schon einen Brutplatz ausgesucht. Da hinten, beim Salzrotschwingel, sein Gras ist besonders weich."

„Schau mal, wer da kommt", unterbricht sie Rosa.

Eine junge Austernfischerdame stolziert an ihnen vorbei. Sie reckt ihren Kopf in die Höhe und sperrt ihren langen roten Schnabel weit auf, um ihm röhrende

Töne zu entlocken, die sie mit Trillern verziert. Auf ihren besonders langen, schmalen, roten Beinen bewegt sie sich langsam und sehr elegant vorwärts. Ihr schwarzes Gefieder glänzt in der Sonne. Ja, sie ist sich ihrer Schönheit sehr bewusst.

Und neben ihr läuft eine Schar von Kavalieren, die laut pfeifend um sie buhlen.

„Das ist doch die Felicia!", ruft Elvira. „Na, die ist aber hübsch geworden. Hat die lange Beine!"

„Und deshalb laufen ihr jetzt sämtliche Männer hinterher. Ach, die sind doch alle gleich!", schimpft Rosa.

„Ich zeige dir jetzt einen besonderen Leckerbissen im Watt, da kannst du nicht widerstehen", muntert sie Elvira auf.

„Den Halligfliederspitzmausrüsselkäfer! Hast du den schon mal probiert?"

„Nein, aber der Strandwegerichgallrüsselkäfer ist auch nicht schlecht!"

„Also dann, auf zum Schnabulieren! Mir läuft schon das Wasser im Schnabel zusammen."

Nordseesalz auf der Haut

Uta Grabmüller

Wellen: sehen
Wellen: hören
Wellen: spüren
        Kraft

Wasser: sehen
Wasser: hören
Wasser: spüren
        Frische

Wind: sehen
Wind: hören
Wind: spüren
        Bewegung

Sonne: sehen
Sonne: hören
Sonne: spüren
        Wärme

Eine Reise, die zum Ausgang führt

Ingeborg Schmid

„Wenn ich das nächste Mal auf die Erde komme, bin ich einer von den Guten!"
Entschlossen räkelt er sich auf seiner Wolke und schielt nach unten. Der Blick auf
das Treiben am Meeresstrand bekräftigt seinen Entschluss: Ein kleines Mädchen
hat seine ersten Schrittchen hinein ins kühle Nass gewagt, ist gestolpert und vorn-
über in die sich in den weichen Sand ergießenden Schaumkrönchen gestürzt.
Halb erschrocken, halb belustigt rappelt es sich auf und leckt sich rasch mit der
Zunge über die Oberlippe. Sofort beginnt es verzweifelt zu brüllen, die Augen
voller Entsetzen geweitet. Es würgt, spuckt und bleibt untröstlich. Das soll
Wasser sein? Man hat sie betrogen, denkt die Kleine und beschließt, fortan nur
noch am Brunnen hinter Großmutters Haus zu spielen. Zur Besiegelung spuckt
sie noch einmal angewidert in den Sand und beschenkt sich mit der Erinnerung
an Großmutters wohlschmeckendes Brunnenwasser. Hierher kommt sie nur
mehr, wenn ein Lüftchen weht und sie ihren Drachen steigen lassen kann.

Sein Interesse gleitet von der Strandszene wieder nach oben auf seine Wolke.
Keinen Augenblick zu früh, denn dort macht sich Unruhe breit. Das anfängliche
Getuschel von abertausenden Stimmen vereint sich zu einem bunten Chor, der

schließlich in einem mitreißenden Rhythmus skandiert: Ab-sprin-gen. Caius springt. Caius – der Glücksbringende. Als solcher wird er diesmal unten ankommen, das ist ausgemacht. Aber er wird es anders anstellen als jene, die sich mit ihm aus der Wolke stürzen. Er bremst seine Fallgeschwindigkeit ein wenig ab, gerade genug, um aus deren Blickfeld zu geraten. Dann wagt er den Umstieg. Statt direkt auf die Erde nieder zu gehen, setzt er auf dem bauschigen Wölkchen ab, das von Quer daherkommt. Schnell überprüft er noch einmal Koordinaten und Windgeschwindigkeit und ist sicher: Zugrichtung Berge. Schon unzählige Male ist Caius von irgendeiner Wolke abgesprungen, um irgendwo auf dieser blauen Kugel unter ihm auf- und nach einer unterschiedlich langen Reise letztlich wieder oben anzukommen. Soweit er sich allerdings erinnern kann, hat er auf diesen Reisen jedoch noch nie Caius geheißen.

Caius ist, das soll nicht unerwähnt bleiben, ein kleiner Wassertropfen. Und Wassertröpfchen ist es halt vorbestimmt, den ständigen Kreislauf zwischen Quelle, Meer und Wolke aufrecht zu halten. Ein jedes weiß das, von Anfang an. Natürlich auch Caius. Deswegen reicht es ihm jetzt auch. Was soll denn das für ein Kreislauf sein, denkt er mürrisch. Gezählte 6 237 Mal hintereinander ist für ihn nun keine Rede mehr gewesen von irgendeinem Kreis. Jedes einzelne dieser vielen Male hat er ausgerechnet eine Wolke erwischt, die über einem Ozean abgeregnet ist. Himmel – Meer – Himmel – Meer, 6 237 Male. Am Anfang, da war er noch begeistert angesichts der großen Weiten, Tiefen, Fische und Boote. Aber irgendwann hat er sich nur noch gewünscht, endlich einmal an Strand gespült zu werden. Ans Ufer, wo einem der Wind um die Nase weht, Kinder spielen und Tiere nach Sonnenuntergang hin pilgern. Zum Wasser, Quell allen Lebens. Und er wäre dieses Wasser gewesen. Doch nie war es ihm vergönnt, stets hatte man die Direkte für ihn vorgesehen. Meer – Wolke – Meer – Wolke. Und ständig hat er seinen Traum vom Uferwasser weiter geträumt. Bis gerade eben, als er das erschrockene Gesicht des Mädchens gesehen und endlich den Begriff „Salzwasser" verstanden hat. Nein, da ist er nicht dabei, er versalzt niemandem das Leben. Wenn er das nächste Mal von einer Wolke hüpft, dann als Süßwasser. Der Vorsatz gibt ihm Mut, auf eine andere Wolke umzusteigen. Mit Zielrichtung Berge. An jener Gebirgskette, die sich zaghaft am Horizont abzuzeichnen beginnt, würde sie abregnen und er sich als guter, glücksbringender Süßwassertropfen niederlassen.

Mit sich und der Welt zufrieden, kuschelt sich Caius an seine Tropfennachbarn und lässt sich treiben. Diesmal braucht er keine Anweisung zum Absprung. Es knistert in der Luft. Auch seine Reisegefährten sind bereit. Sturm kommt auf, ein gelbes Zucken durchfährt den Himmel, durchdringendes Grollen und wildes

Toben lassen ihn erwartungsvoll erschaudern. Caius ist sich seiner Sache so sicher, dass von nun an alles rasch geht. Er erwischt den idealen Absprung, um sogleich in einer saftigen Bergwiese zu verschwinden, die ihn wenig später an einer Lichtung wieder ausspuckt und mit vielen anderen munteren Gleichgesinnten über mehrere tausend Steine dahinschickt. Immer schneller, zahlreicher und stärker werden sie. Je mehr Tropfen sich ihnen anschließen, desto mehr Platz brauchen sie. Die Berge, durch die sie fließen, werden nach und nach kleiner, verformen sich zu Hügeln, verändern die Farbe. Aus verstreuten Gehöften und beschaulichen Dörfern werden Siedlungen und Städte. Caius, der Glück bringende Süßwassertropfen, genießt jede kleine Veränderung, beobachtet alles genau. Jede Abbiegung, jede Verlangsamung, jedes Gefälle, das enger und weiter Werden ihrer Rutschbahn, Sonnenstrahlen, die auf ihnen tanzen, und Schatten, die sie näher zusammenrücken lassen. Alles macht er mit, zufrieden und frei von Angst. „Ich bin das Quellwasser, und ich bringe Freude", singt es in ihm, und er vergnügt sich am Dahingleiten. Tatsächlich erschallen jetzt erfreute Rufe: „Da steckst Du ja! Lange hast Du diesmal gebraucht, hast Du Dich verflossen?"

Caius ist verdutzt. Da sind ja seine Kollegen von der Ozeanwolke. Wo kommen die denn her? Er schaut sich um und muss verwundert feststellen, dass er da, wo sie jetzt sind, schon einmal gewesen ist. Diese großen Weiten, Tiefen, Fische, Boote, ja sollte er etwa …?

„Aber ich bin doch die Quelle!", ruft er mit Nachdruck.

„Ja, freilich", lachen die anderen, „Quelle und Mündung, wie wir alle. Du trägst das Meer in Dir, wenn Du Dich in der Luft hältst, Dich mit anderen Tröpfchen verbindest und aus Deiner Wolke regnest. Und all die Steine auf Deinem Weg vom Berg ins Tal schenken das Salz dafür. Und nun komm, lass uns verdunsten!"

katalin jesch

meer

greif dir
das blau
male
dein bild

durch die spirale
der zeit
auf dem kamm
der wogen

sehnsucht
wie salz
ins wasser
geworfen

Erschienen 2020 in: Edition Tandem.

katalin jesch

es schlummert in uns

was erweckt sie zum leben
fragst du

woher das licht
wohin die welle
warum das wort

erinnert sich das salzkorn im stein
noch ans meer

Erschienen 2020 in: Edition Tandem.

Freundinnen

Mick Saunter

„Hast Du schon gehört?".

    „Was?".

„Was sie mit den Eiern machen".

    „Was sollen sie schon Besonderes damit machen!".

„Die geben Salz drauf!".

    „Worauf?".

„Auf die Eier".

    „Bitte?".

„Ja, wirklich!".

    „Die geben Salz auf die Eier?".

„Ja - kannst Du dir das vorstellen?".

    „Ne!".

„Doch. Und vorher werfen sie sie sogar in heißes Wasser".

    „Nein! Wirklich?".

„In richtig heißes!".

    „Um Himmels ... das ist ja furchtbar!".

„Ja, nicht? Ich konnte es zuerst auch nicht glauben. Aber es stimmt!".

„*Aber wieso denn bloß?*".

„Ich weiß nicht. Vielleicht ist das ja irgendein Ritual!".

„*Was denn für ein Ritual?*".

„Na, irgend so was Seltsames eben. Die werfen ja auch ihre Babys ins Wasser, kurz nachdem sie auf die Welt gekommen sind. Hab ich selbst schon mal gesehen!".

„*Echt? Richtig ins Wasser? Die spinnen doch! Und, ertrinken die dann?*".

„Nein, ist ja immer nur ganz kurz, dann holen sie sie wieder raus. Das Baby schreit dann, und die drum herumstehen machen zufriedene Gesichter".

„*Merkwürdig. Also Sachen gibt's auf der Welt! Und Du meinst, das mit den Eiern ist auch so was?*".

„Keine Ahnung".

„*Naja. Und danach?*".

„Was danach?".

„*Ja, nachdem sie sie ins Wasser geworfen haben!*".

„Hab ich doch grad gesagt: Sie holen es wieder raus, es schreit, und…".

„*Nein doch: Die Eier!*".

„Ach so. Tja, das ist auch so was, das ich nicht verstehe. Es ist so: Immer dann, wenn eine bestimmte Zeit rum ist, dann hört man so ein Geräusch".

„Was denn für ein Geräusch?".

„So was wie ein Klingeln oder so".

„Wie vom Kirchturm?".

„Nein, ganz anders. Und auch nicht so laut".

„Ja wie denn dann?".

„Eher so wie... eigentlich ist es ja auch kein Klingeln. Eher so ein Schnarren, wenn ich es recht bedenke. Aber auch ein Klingeln. Beides eben".

„Und wo kommt das her?".

„Ich weiß nicht. Aus der Luft. Vielleicht ist das ja ein Bestandteil des Ritus?".

„Hm. Vielleicht. Und dann?".

„Ja, dann kommt jemand, und holt sie raus. Immer nach dem Geräusch. Und danach legen sie sie noch in kaltes Wasser!".

„Wie ihre Babys? Also weißt Du: Das klingt ja schon alles ziemlich auffällig! Du hast Recht, das hört sich wirklich nach einer Zeremonie an. Vielleicht beten sie ja damit ihre Gottheit an? Und das Geräusch ist eine Antwort ... (sie schaut sich vorsichtig um, deutet dann zum Himmel) von oben?"

„Kann sein. Aber - das Schlimmste kommt ja erst noch!".

„Noch schlimmer als in heißes Wasser zu werfen?".

„Ja. Was ganz Furchtbares".

„Jetzt mach's nicht so spannend! Was denn nur?".

„Mich schüttelt's richtig, wenn ich daran denke".

„Mach schon! Ich werd's schon aushalten!".

„Ja, also….. sie nehmen ein Ei in die Hand, und dann…" (Sie wird von Entsetzen geschüttelt)

„Los jetzt! Au Mann, ist das aufregend! Sag schon!".

„Und dann… nehmen sie so ein blitzendes, flaches Dings, holen aus und… Schwupp!".

„Was Schwupp?".

„Schwupp - hauen sie das Ei mitten durch!".

(Entsetzter Aufschrei)

„Siehst Du - ich hab Dich ja gewarnt! Aber Du wolltest es ja so! Das hast Du jetzt davon! Aber, es geht ja noch weiter - denn jetzt kommt das mit dem Salz". (Die Andere schüttelt sich, und richtet sich die Frisur).

„Gut. Schwupp - und dann das Salz. Auf das Ei. Und dann?".

„Dann kommt so ein anderes blitzendes Dings, wird in das Ei hineingestoßen…“

(Wieder ein Aufschrei).

„… und das Gelbe herausgehoben“.

„Iiih! Echt? Das arme Ei! Nein, ist das scheußlich. (Wieder schüttelt sie sich).

Und? Dann? Sag, was dann? Los, sag!

„Dann stecken sie sich es in den Mund...“

„NEIN!!!“

„… und essen es“.

Die Andere fällt mit einem kurzen erstickten Laut ohnmächtig zu Boden).

Nach einer Weile haben sich beide vom Schrecken erholt und schauen gemeinsam in den Sonnenuntergang, der den Himmel in den leuchtendsten Farben färbt.

„Weißt du - ich glaub, wir werden sie sowieso nie wirklich verstehen; sie sind halt völlig anders als wir. Irgendwie unterentwickelt oder so. Es gibt sie ja auch noch nicht so lange wie uns! Geben wir ihnen die Zeit, die sie brauchen. Irgendwann werden sie schon soweit sein.“.

„Na, ich weiß nicht“.

„Ach, bestimmt".

„*Wollen wir's hoffen!*"

„Komm, auf den Schreck genehmigen wir uns erst mal `nen Regenwurm – ich glaub, ich hab da vorhin einen am Misthaufen gesehen. Den teilen wir uns!".

„*Du bist eine echte Freundin! Ich bin so froh, dass wir uns im Stall getroffen haben*".

Leben – berührend, bewegend

As Almosen

Karl-Heinz Austermayer

A Mo is dahoam beim Ess'n g'sitzt,

wenga da vo'salzenen Supp'n hat er dabei a bisserl g'schwitzt.

Plötzlich hat's an da Tür draußt g'leit',

und d'Frau hat nachg'schaut, wos ge feit.

Wia's nach fünf Minuten is wieder einakema,

hat's ihr'n Mo glei vo'zähl'n kena:

„Draußen war a ganz a armer Mo,

der g'fragt hat, ob i earm a Almosen und wos zum Ess'n geb'n ko.

I hoff', du duast as genau a so seg'n,

i hob' earm schnell an Euro und a Supp'n geb'n!"

Drauf duat's aus'n Mo direkt außabresch'n.

„Wenn der arme Kerl de Supp'n do tatsächlich hot g'ess'n,

dann host earm den Euro scho guat geb'n kinna,

weil normalerweis' dat er glatt – vui mehrer vo'diena!"

Über d'Liab

Karl-Heinz Austermayer

Da Mensch lebt net vom Brot alloa.

An dem Spruch kon ma wirklich nix wegdoa.

Für'n Hunger hat da Mensch as Brot,

des langt earm sogar a da größten Not.

Doch für de Seel' – da braucht da Mensch de Liab,

ohne sie is as Leb'n ganz sche trüab'.

Sie is dabei wia as Salz in da Supp'n – ganz g'wiss.

Ansonsten is alles – nur traurig und mies.

Da Mensch fühlt se innerlich oafach net g'sund

und is oft grantig – ohne Grund.

D'Liab wirkt do - wia de beste Arznei,

und mit da Liaderlichkeit is dann ganz schnell vorbei.

De Zwidern kinnan auf amal wieder nett und freindlich doa.

Verstehst du iatz, warum da Mensch net lebt vom Brot alloa?

Nebel

Gudrun Bielenski

Es dämmerte bereits, als Malte Hansen mit seinem Hund noch einmal zum Strand ging. Die Sonne hatte sich heute nicht blicken lassen, der Tag war neblig und grau gewesen.

Es begann zu nieseln. Malte Hansen fröstelte, er zog die Kapuze über seine Mütze.

Ohne den Hund wäre er heute nicht mehr hinausgegangen. Aber ein kleiner Abendspaziergang konnte nicht schaden. Am liebsten mochte er den Strandabschnitt „Ellenbogen" vom Leuchtturm „West" zum Leuchtturm „Ost" in List auf Sylt. Er machte die Leine los, sein Hund wälzte sich voller Freude im feuchten Sand und rannte zu den Wellen, um mit ihnen zu spielen. Plötzlich begann er laut zu bellen und sprang wie wild um etwas herum. Malte sah einen dunklen Umriss am Strand liegen. Vielleicht war es eine Robbe. Er pfiff den Hund zurück. Robben können gefährlich werden und beißen. Malte näherte sich langsam seinem Hund. Er musste vorsichtig sein. Es war jetzt fast dunkel. Er schaltete die

Taschenlampe seines Handys an und leuchtete auf den schwarzen Umriss. Was er zu sehen bekam, ließ ihn erschaudern.

Es war kein Tier, sondern ein Mensch. Besser gesagt eine Wasserleiche. Ein Mann. Das Gesicht war aufgedunsen, die dunklen Haare standen zu Berge, der Mund war halbgeöffnet, und die oberen Schneidezähne ragten heraus bzw. das, was von ihnen noch übrig war.

Die Nasenlöcher waren vom Salzwasser verklebt, und an der linken Wange klaffte eine breite Wunde. Zwei Pupillen starrten Malte aus ihren hohlen Augen an. Mit gespreizten Beinen lag der Mann vor ihm. Sein Bauch war fürchterlich aufgedunsen. Die Arme hatte er weit von sich gestreckt, sein linker kleiner Finger fehlte. Vielleicht hatte ihn ein Fisch abgenagt. Sein ehemals schwarzer Anzug war verblichen und voller Löcher. Ein Fuß stand aus der Hose heraus, und vom anderen war nur noch ein Stumpen zu sehen.

Malte würgte. So einen schrecklichen Fund hatte er noch nicht gemacht.
Er benachrichtigte die Polizei. Es dauerte eine Zeit lang, bis sich Kommissar Petersen mit seiner Gefolgschaft durch den Sand gekämpft hatte. Dazu wehte noch eine sehr steife Brise.

„Schaut nicht gut aus, der Alte", sagte der Kommissar und zündete sich eine Zigarette an. Die Leiche wurde vorsichtig auf eine Bahre geladen, nachdem die

Spuren gesichert waren, und abtransportiert. Das gerichtsmedizinische Institut ermittelte: „Tod durch Ertrinken." Auf eine Vermisstenanzeige, die in allen nordfriesischen Inseln und Städten bis Hamburg aufgegeben wurde, meldete sich niemand.

Doch in Dänemark wurde man fündig. Der Tote am Strand hieß Jens Olsen und war aus einem Gefängnis in Esbjerg ausgebrochen. Er heuerte einen Krabbenkutter an und pulte dort die Krabben. Bei einer Schlägerei an Bord fiel er betrunken über die Reling. Und versank sogleich in den Fluten der eiskalten Nordsee.

Bis er an den Strand von List angeschwemmt wurde.

Der Schuhmacher

Janina Fellgiebel

Der Himmel sieht wie ein Schachbrett aus. Feine Wolken durchziehen das satte Blau, scheinen wie mit dem Pinsel auf eine Leinwand getupft worden zu sein, und an vereinzelten Stellen durchbricht das Sonnenlicht dieses weiß-blaue Schachbrett.

Meine Freundin Clara meint, die Wolken erinnern sie an weiße Bettlaken, die wie Zelte am Himmel hängen, aber mich erinnern sie an Salz. Besonders heute, wo die Wolken getupft am Himmel stehen, erscheinen sie mir wie abertausende Salzkörner.

Wenn ich durch den Ort oder den Wald gehe, selbst wenn ich in der Schule sitze, muss ich an Salz denken, sobald etwas weiß ist.

Mama sagt, das liegt daran, dass Papa in einem Salzbergwerk arbeitet.

Mein Papa sagt, er und die anderen Männer machen Sole aus dem Salz. Warum er in einem Bergwerk arbeitet, um Schuhsohlen herzustellen und weshalb er dafür Salz braucht, habe ich immer noch nicht ganz verstanden. Vielleicht ist das wie mit dem Essen. Mama fügt jedes Mal Salz hinzu, sobald sie eine Suppe macht. Es würde dann besser schmecken. Vielleicht sehen die Schuhe besser aus, wenn sie mit Salz gemacht werden? Vielleicht zahlen die feinen Herren aus der Stadt einen höheren Preis, sobald in den Schuhen Salz ist?

Eines Tages bin ich Papa heimlich gefolgt, als er sich auf den Weg zur Arbeit gemacht hat. Es war noch ganz dunkel draußen, und ich hatte etwas Angst, aber neugierig war ich auch, schließlich wollte ich mit eigenen Augen die Schuhmacherwerkstatt in diesem großen Bergwerk sehen. Aber Papa ist gar nicht in das Werk gegangen. Er ist in einem Haus verschwunden, und durch das Fenster konnte ich beobachten, dass er einem seltsam aussehenden Mann etwas gegeben hat. Als ich mich ganz nah gegen die Scheibe gepresst habe, konnte ich sehen, dass es ein weißes Pulver war. Vielleicht schenkt Papa dem Mann ein wenig Salz, damit er auch Schuhe machen kann. Im Gegenzug hat Papa Geld bekommen. Papas Beruf ist verwirrend.

Als ich Papa am Abend gefragt habe, was er dem Mann gegeben hat, ist er wütend geworden und hat gesagt, ich darf das auf keinen Fall Mama sagen, sonst würde ich noch mehr Salz in die Wunde streuen. Auch das hat mich verwirrt, denn als Papa das gesagt hat, konnte ich nirgends an ihm eine Wunde erkennen, und einen Salzstreuer hielt ich auch nicht in der Hand. Aber vielleicht ist das ebenfalls etwas, das ich erst verstehen werde, wenn ich groß bin.

Eine Begegnung

Brigitte Geretschläger

Es war einer der kältesten Tage in München. Das Gesundheitsministerium hatte deshalb eine Warnung herausgegeben. Trotz dieses Hinweises musste Anna außer Haus. Ihr Chef hätte für ihr Fehlen, trotz eisiger Temperaturen, kein Verständnis gezeigt. Als sie ihr Auto starten wollte, sprang es nicht an. Die Batterie war zusammengebrochen. Beim Heranwinken eines Taxis bemerkte sie im Augenwinkel einen Mann, auf einer Parkbank sitzend. Sie hatte keine Zeit, sich darüber Gedanken zu machen.

Nach einem intensiven Arbeitstag fuhr Anna abends nachhause. Beim Aussteigen aus dem Taxi fiel ihr wieder der Mann von in der Früh auf. Diesmal lag er zusammengekrümmt, notdürftig mit Zeitungen zugedeckt, an der gleichen Stelle. Anna näherte sich ihm. Er bewegte sich nicht. Sie rüttelte an seiner Schulter. »Hallo?« flüsterte sie zaghaft. Keine Reaktion!

Sie rüttelte stärker und fühlte seinen Puls. Langsam kam er zu sich. »Was ist los?« brummte er in seinen zugefrorenen Bart.

»Haben Sie mich erschreckt! Ich dachte, Sie wären…« Anna konnte nicht weitersprechen.

»Tot?«

»Ja«, sagte Anna beschämt. »Was soll ich jetzt tun? Ich kann Sie doch nicht hierlassen. Sie werden erfrieren. Können Sie gehen?« fragte sie den Mann.

»Ja, warum?«

»Dann stehen Sie auf, kommen Sie mit. Und diskutieren Sie nicht mit mir, sonst überlege ich es mir noch!« befahl Anna entschlossen, wie um sich selbst Mut zuzusprechen. »Ich glaube, Sie könnten eine warmes Bad brauchen.«

Dankbar nickte er.

»Ich heiße übrigens Anna. Wie heißen Sie?«

»Ich weiß es nicht mehr. Ist schon lange her, dass mich jemand beim Namen gerufen hat.«

»Oh, das tut mir leid«, antwortete Anna peinlich berührt.

»Das ist schon in Ordnung. Nennen Sie mich, wie Sie wollen«, antwortete der Mann.

»Wenn es Ihnen recht ist, nenne ich Sie Martin, nach meinem Vater.«

Während Martin in die Badewanne stieg, kochte Anna eine warme Mahlzeit. Sie reichte ihm einen ihrer Jogginganzüge und steckte seine abgetragenen Kleider in die Waschmaschine. Beide mussten lachen, als er aus dem Badezimmer kam. Martin sah verändert aus – erholt und in dem viel zu kleinen Hausanzug lustig anzusehen.

»Sie schlafen heute hier«, sagte Anna.

»Haben Sie keine Angst?«

»Nein, Sie werden mir nichts tun«, war Anna überzeugt.

Innerhalb kurzer Zeit schlich sich so etwas wie Alltag zwischen den Beiden ein. Während Anna zur Arbeit ging, versorgte Martin den Haushalt. Die junge Frau begann die Zweisamkeit zu genießen. Eines Abends saßen sie bei einem Glas Wein.

»Anna, ich bin dir sehr dankbar, aber meine Zeit ist gekommen. Ich muss nun gehen.«

»Ja, ich weiß. Ich habe es schon gespürt.«

Auf der Parkbank öffnete er ihr Abschiedsgeschenk.

»In Liebe Anna«, stand auf der Karte. Die Salzsteinlampe, durch eine Kerze zum Erleuchten gebracht, widerspiegelten ihre Worte. Sie hatte für Martin eine hohe Symbolkraft. Die warme Farbe des Salzsteins vermittelte ihm Gefühle der Güte und Liebe. Die Salzsteinlampe wurde sein lebenslanger Begleiter.

Tränen

Uta Grabmüller

Fünf Haiku

I

In Rotweinflecken
auf der weißen Tischdecke
Salzkörner trocknend

II
Seufzen vor Freude
Tränen im Augenwinkel
Weinen vor Lachen

III
Salzig so salzig
Schmerz und nagender Kummer
Bitter die Tränen

IV

Auf dem Rosenblatt
die Nachtkühle bewahrend
Tautropfentränen

V

Jauchzendes Baby
Am Auge eine Träne
Vergessen das Leid

Versalzene Zeit

Michael Inneberger

Der Bleistift rotierte blitzschnell vom Zeigefinger unter dem Mittelfinger hindurch, über den Ringfinger, unter den kleinen Finger und nahm den Weg wieder zurück, um von vorne zu beginnen.

Der Hörsaal war an diesem Tag gut gefüllt. Eine neue Nachricht wurde auf seinem Handy angezeigt.

„Gehen wir heute mal wieder zum Talk in die Mensa?" Benedikt schaute in die Richtung, wo der Absender saß. Er nickte seinem Freund zu und hielt seinen Daumen nach oben.

Die beiden Studenten standen mit ihren Tabletts an der Kasse und bezahlten. Sie setzten sich an einen freien Tisch. „Total cool, dass wir mal wieder Zeit haben zum Ratschen", sagte Fabian zufrieden.

Benedikt legte sein Handy auf den Tisch und checkte noch sein E-Mail-Postfach. Sieben neue Nachrichten.

Während er die E-Mails durchstöberte, griff seine Hand nach dem Salzstreuer. Der Glasbehälter mit dem Salz darin wurde fünfmal über die Tagliatelle Bolognese geschüttelt.

Benedikt schob den Salzstreuer zu Fabian über den Tisch. Fabian war gerade sehr vertieft darin, seine WhatsApp-Konversation zu beantworten.
Fabian salzte kräftig über den Teller mit den Tortellini alla Panna und stellte den Streuer wieder vor Benedikts Teller ab.

Benedikt erhielt gerade eine Nachricht über den Facebook-Messenger. Er schüttelte den Kopf und schrieb genervt zurück.

Der Salzstreuer tauchte in seinem Blickwinkel auf. Er griff erneut danach, drehte die Löcher nach unten und ließ den Streuer mit Schwung über sein Essen kreisen.

Er sagte zu Fabian: „Hier ist das Salz, falls du noch nachwürzen möchtest."
Fabian nahm den Salzstreuer von Benedikt entgegen. Fabian überlegte kurz. In diesem Moment bimmelte eine weitere Nachricht herein. Er schüttelte den Streuer und salzte ordentlich sein Mittagessen.

„Mahlzeit", murmelte Benedikt.

„Mahlzeit", erwiderte Fabian.

„Boah, dieses Kantinenessen schmeckt aber ordentlich versalzen", meckerte Benedikt.

Fabian verzog sein Gesicht und sagte: „Das stimmt! Nächstes Mal gehen wir besser rüber zum Italiener."

Benedikt erhob seinen Blick kurz zu Fabian und lächelte: „Es war super, sich wieder mit dir zu unterhalten!".

Fabian bestätigte dies: „Das müssen wir bald mal wiederholen."

Beide Studenten stellten ihre Tabletts zurück und verließen die Mensa in verschiedene Richtungen.

Das Salz in der Suppe – sind wir

Hans-Peter Kreuzer

Von hohen Türmen die Geldmacher rufen:
„Das Salz in der Suppe sind wir!"
Sie sind blind für die Not auf den unteren Stufen.
Das Salz in der Suppe trägt die Fratze der Gier.

*

Auf Wahlplakaten können wir lesen:
„Das Salz in der Suppe sind wir!" – man lacht.
Schon immer sind's nur Versprechen gewesen.
Das Salz in der Suppe trägt die Fratze der Macht.

*

Wir schaden der Umwelt – Verzicht? Bitte nein!
„Das Salz in der Suppe sind wir!" - wird gesagt.
Zum Wohl unsrer Kinder wird das nicht sein.
Aber wann wurden Kinder jemals gefragt?

*

Der richtige Glaube. Darum wird gestritten:
„Das Salz in der Suppe sind wir!" – sagen alle.
Die Menschen haben darunter gelitten.
Oh du allseligmachende Falle!

*

Wir schließen die Grenzen, verschließen die Herzen.
„Das Salz in der Suppe sind wir!" – oder nein?
Wen nicht berühren der Anderen Schmerzen,
darf sich nicht rühmen, kostbar zu sein.

*

Zu viele auf diesem gequälten Planeten
sagen: „Das Salz in der Suppe sind wir!"
Handelt gut und barmherzig, statt zu reden,
dann seid das „Salz der Erde" ihr!

Das Salz, der Teufel und ich

Armena Kühne

Es war Freitag, der Dreizehnte, als ich vom Fußballspiel nach Hause kam. Wir hatten verloren, und meine Stimmung war im Keller. Zu meiner Überraschung hatte Mutter den Tisch festlich gedeckt.

Ich warf meine Trainingstasche auf den Boden, was ich immer tat, wenn ich vom Sport kam. Doch diesmal wurde ich gebeten, sie doch bitte in mein Zimmer zu bringen.

„Gleich", war meine Antwort. „Gleich" bedeutete, dass die Tasche in einer Stunde noch immer dort lag und Mutter sie irgendwann beiseite räumte, nachdem sie einige Male darüber gestolpert war.

„Ist Besuch angesagt?", fragte ich, ging zum Herd und wollte die Backröhre öffnen.

„Nimm die Finger weg." Sie schob mich zur Seite. Jetzt bemerkte ich, dass Mutter sich richtig aufgemotzt hatte. Die dunklen Haare fielen leicht gelockt auf schmale Schultern, und in dem bunten Sommerkleid wirkte sie wie ein junges Mädchen.

„Wen erwartest du denn?" Mir schwante Böses. Wenn Mutter einen Freund vorstellen wollte, kochte sie. Jedes Mal war es das Leibgericht des jeweiligen Bekannten. In der Regel waren die Gerichte vorzüglich, doch der Auflauf, den ich durch das Glas der Backröhre sehen konnte, sah nach einer Süßspeise aus. Ich war sechzehn und auf dem besten Wege ein Mann zu werden, da waren Süßspeisen etwas zum Abgewöhnen. Ich verzog mich in mein Zimmer. Es war wieder an der Zeit, mir etwas einfallen zu lassen, um die Zweisamkeit in unserem Haus aufrecht zu erhalten. Oft kam es nicht vor, dass Mutter mir ihre Freunde vorstellte, und doch hatte ich im Vergraulen der Männer bereits eine gewisse Übung.

Mutter war Krimischreiberin, und bei jedem neuen Buch holte sie sich einen Mann ins Haus, der in ihrem Roman eine tragende Rolle spielen sollte. Manchmal beschrieb sie ihn böse, mitunter übernahm er im Roman eine positive Seite, oder er war das Opfer.

Kurze Zeit später saßen wir zu dritt am Esstisch. Mutter strahlte und hatte nur Augen für Kurt. Ein Allerweltsname, der genauso langweilig war wie dieser Typ in seinem dunklen Anzug, Krawatte und weißen Hemd, welches jede Persilwerbung blass vor Neid werden lassen konnte. Die blonden Haare, mit Gel in Form gebracht, klebten am Kopf. Er saß kerzengerade, als hätte er einen Stock verschluckt. Er war ein Pedant, so einer, der alles an seinem ihm zugedachten Platz haben wollte. Das war weder für meine Mutter noch für mich besonders reizvoll, beide waren wir etwas chaotisch.

Ich fixierte ihn, und als spürte er meinen Blick, hob er die Augen und sah mich beinahe teilnahmslos an. Keiner senkte den Blick. Ich musste unwillkürlich an den Werbespot „Zwölf Uhr Mittags" denken und konnte mir nur mit Mühe ein Grinsen verkneifen. Für welches Produkt Werbung gemacht wurde, wusste ich nicht mehr. Nur die Szene, als sich die Kontrahenten gegenüberstanden, war in meinem Gedächtnis haften geblieben. Kurt legte das Besteck beiseite, lehnte sich zurück. „Ich glaube, dein Sohn mag mich nicht", sagte er, ohne den Blick zu wenden. Ich hörte, wie Mam tief die Luft einsog. „Quatsch", meinte sie und aß in aller Seelenruhe weiter.

Ich stand auf. „Mir schmeckt das süße Zeug nicht."

„Du wirst dich daran gewöhnen müssen." Kurt legte seine Hand auf Mutters Schulter, wofür er einen verliebten Blick erntete. „Wir haben beschlossen, vegan und salzlos zu kochen."

„Na klar doch", antwortete ich und verließ den Raum. So ein Spinner. Wie sollte das Essen ohne Salz denn schmecken? Und vegan, das ging weder bei mir noch bei Mam.

Ich setzte mich an meinen Laptop, vielleicht konnte ich von meinen Netzfreunden einen hilfreichen Rat erhalten, wie man ungeliebte Gäste schnell wieder loswerden konnte. Die Ratschläge gingen von lauter Musik bis hin zu Giftarten, die kaum nachweisbar waren. Doch umbringen wollte ich Kurt nun doch nicht. Dem würde ich die Suppe versalzen, schrieb einer. Versalzen, dass war das Zauberwort. Einfach den Süßspeisen Salz hinzufügen. Würde nicht leicht sein, doch meine Erfindungsgabe war grenzenlos. Zufrieden legte ich mich aufs Bett, stellte mir vor, wie Kurt das Essen herunterwürgte und nach einigen Tagen wieder das Weite suchte.

Eine Woche verging, ohne dass es mir gelang, Salz unter das Essen zu mischen. Ich musste meine Strategie ändern. Salz in den Zuckerbehälter mischen, das war die optimale Lösung.

Als Mutter in ihrem Schreibzimmer saß und Kurt, der Architekt war, in dem eigens für ihn eingerichteten Arbeitszimmer verschwand, schritt ich zur Tat. Salz in die Zuckerdose, gut vermischen, und dann musste ich nur noch warten. Am Abend gab es Apfelstrudel. Gut gelaunt erschien ich pünktlich zum Essen. Ich legte sogar ein großes Stück Strudel auf meinen Teller. Die erstaunten Blicke ignorierte ich. Kurt spuckte angewidert das Essen aus. „Ist doch ok", gab ich zum Besten und schob ein Stück vom Apfelstrudel in den Mund. Es schmeckte schauderhaft, aber ohne auch nur eine Miene zu verziehen, schluckte ich es hinunter.

An diesem Abend gab es den ersten Streit zwischen Mam und Kurt. Ich verzog mich in mein Zimmer. Die erste Runde ging an mich.

„Du kannst nicht immer gewinnen", rief Kurt mir nach. Als ich mich noch einmal umdrehte, sah ich zum ersten Mal so etwas wie Spott oder Schalk in seinen Augen.

Von nun an beherrschte das Salz unsere Küche. Kurt war oft damit beschäftigt, meinen Salzvorrat zu finden. Als er sich jedoch in meinem Zimmer zu schaffen machte, reichte es mir, und ich verschloss die Tür. Mutter trat nach vier Tagen in einen Kochstreik. Das Chaos war perfekt.

„Dein Sohn ist ein Teufel. Du solltest ein Machtwort mit ihm reden. So kann es nicht weitergehen", waren Worte, die Kurt oft zu Mam sagte. So verging einige Zeit.

Als ich heute von der Schule nach Hause kam, roch es bereits im Flur nach gebratenem Fleisch. Geschafft, dachte ich, warf meinen Rucksack auf den Boden und stürmte in die Küche.

Am Herd stand Kurt, und in der Pfanne brutzelten drei Nackenstücke vom Schwein.

katalin jesch

ein kreislauf der gleichung

in verlaufenden wellen
die weiche leere
steigt durch die dinge

abgründig durch
zerfressene eisen
ohne gegenwart

vereinigt blut und feuer
verbindet die materie
wirksam zernagt

die rissige schale
waschungen aus
leben zeit raum

seltsam untrennbar
im salz meines seins
der fisch

unter der augen
meine seele überlebt
mitten im meer

katalin jesch

sehnsucht

in stücke geschnitten
mit gedanken bestrichen
mit salzigen körnern bestreut
abseits der zeit
unseres seins

verzehrt uns

Erschienen 2020 in: Edition Tandem.

Die Salz-Deuterin

Ina May

In einer kleinen Wohnstube im Chiemgau

Da lagen keine Karten auf dem Tisch, um mit ihnen in die Zukunft zu blicken. Die alte Magdalena war bekannt dafür, dass sie das Schicksal eines Menschen im Salz lesen konnte. Die Achtzigjährige reichte dem Fragesteller für gewöhnlich einen kleinen Teller mit einem Häuflein Salz.

»Konzentrier' dich auf die Frage, die du beantwortet haben willst.« Sie sagte es immer, heute sagte sie es zum Bürgermeister. Die Frage durfte man sich auch leise denken, die musste nicht laut gestellt werden. Es wäre ja noch schöner, wenn sie sich das auch noch erzählen ließe.

Selbst wenn sich die Person nicht sonderlich konzentrierte … dann gab es halt bloß eine dürftige Antwort von Magdalena.

Sie leerte den Teller schwungvoll auf den penibel sauberen Holztisch. Es sollte da kein fremdes Körnchen stören.

Magdalena gönnte sich ein Schmunzeln und hob die Schultern. Ja, das *weiße Gold* war ihr wohlgesonnen, sie hatte sich mit der Neugier und dem Wissensdurst ihrer Klienten längst eine goldene Nase verdient.

Gerade reckte der Bürgermeister seine etwas Gerötete über den Tisch und betrachtete mit Magdalena das Bild, das sich zeigte. »Sieht aus wie ein Stier«, fand er.

Mit einem guten Stichwort war etwas anzufangen. Der Stier war ein ehemaliges Hausrind, und sie fand tatsächlich, der Mann konnte manches Mal ein Rindviech sein.

Magdalena tat ein wenig feinsinnig: »Du musst ruhiger werden, Bürgermeister, dein Hirn braucht nicht in die Zukunft denken, wenn es schon mit der Gegenwart Probleme hat.«

Sie zog ihn jedes Mal auf, und er sprang jedes Mal darauf an.

Zuerst klagte er, wenn er seinen Geldbeutel öffnete: »Scheint mir, du kriegst den Hals nicht voll«, und ließ sich Zeit mit dem Abzählen der Scheine. Magdalena gab stets zurück: »Wer fragt, der zahlt, und wer mehr wissen will, der legt noch was drauf.«

Sie besahen sich das Salzbild eine Weile – auch in einer Wolkenstimmung konnte man immer etwas sehen. Mit *Glauben* kann man viel bewegen und ebenso viel entwerten, wusste Magdalena.

Noch jedes Mal fand der Bürgermeister nach genauerem Hinschauen, dass es *doch* eher aussah, wie … »Wege, die sich öffnen«, meinte er jetzt und nickte bekräftigend.

Wege, die er sah – das war ein Anfang. Dann sollte sie ihn ein wenig vorwärts-schubsen. »Es wird kommen der Tag, an dem eine Entscheidung zu treffen ist, die dich schwieriger ankommen wird als die anderen. Verschließ dich nicht, schau dich um, höre auf die Menschen. Vor allem, behalte die Zukunft im Sinn, die Gegenwart im Blick, vergiss aber nicht die Vergangenheit, Bürgermeister.«

Magdalena deutete auf das Salzbild, das diese drei Ebenen und dazwischen eine hauchdünne Verbindung zeigte.

»Du brauchst nicht politisieren, Magdalena! Womöglich kennst du dich da nicht gut aus«, klopfte er mit den Fingerknöcheln auf den Tisch, dass die Körner hüpften.

Die Salz-Deuterinnen kennen sich seit jeher *ziemlich gut* aus, hätte ihm Magdalena sagen können. Die Urgroßmutter hatte schon für König Ludwig II. gelesen, ihre Mutter für Franz Josef Strauß … und in Magdalenas Wohnstube hatte erst kürzlich ein etwas sonderbarer Amerikaner gesessen, der große Augen machte und meinte: »Das Salzbusiness in Good Old Germany scheint ungewöhnlich.«

»Außergewöhnlich, Mr. T.«, betonte Magdalena. »Look«, tippte sie mit dem Finger auf ein einzelnes Körnchen das ganz abseits lag. »Das bist du.«

»Natürlich.« Ein dröhnendes Lachen, das Kinn vorgereckt.

Natürlich. Magdalena schmunzelte. *Dieses* Rindvieh sah sich nicht alleingelassen, wie Magdalena ihm prophezeite, Mr. T. wähnte sich *über* jeder Situation stehend. – Da half nicht einmal ein Schubsen und gutes Zureden.

Vom Spazierstock in den Salzstock

Heidi Merkel

Herr Baron, das Salz geht aus!

Das war, kurz gesagt, die Botschaft, die ich zu überbringen hatte.

Das war ein gewaltiger Spaß gewesen. Das hättet ihr sehen sollen, wie er dreingeschaut hat!

Der ungnädige Herr, gestützt auf den silbernen Griff des Spazierstöckchens aus Ebenholz. Bleich und fahl auf die Sekunde! Und aus seinen Pupillen rieselte heraus, was er dereinst besaß und immer zu verlieren fürchtete. Schloss und Ländereien, den Wald, die Dörfer, seine Bauern und das Gesinde, zuletzt noch die Frau Baronin. Juwelengeschmückt stieg sie am Arm dieses Italieners in die neue Kutsche. Und wie sie davonbrausten, direkt hinaus aus seinem leeren Blick, preschten sie durch den Park und verschwanden hinter den Eichen für immer!

Das Antlitz verzerrt, als sei salzige Sole in seine Augen gekommen, den Mund weit offen ohne Schrei, fiel er stocksteif von der letzten Stufe, und `s war vorbei mit dem Geschlecht von derer.

Jetzt wohnt er einen Stock tiefer. Nichts blieb zurück, nur die leeren Stollen, in denen er angeblich heute noch haust.

Vom Salz und vom Schreiben

Heidi Merkel

Es war ein regnerischer, kühler Tag, an dem Hans, der Märchenerzähler, verschwand. Sein Haus lag verlassen zwischen den hohen Bäumen am Rand des Dorfes, und als der Postbote einen Brief zustellen wollte, traf er niemanden an. Noch nicht einmal Astrid und Janosch, die Laufenten, die ihn normalerweise mit viel Geschnatter vom Gartentor bis zum Briefschlitz in der Haustüre begleiteten, waren zu sehen oder zu hören.

Es musste an einem Donnerstag gewesen sein, denn der Donnerstag war seit Jahren, seit tausenden von Jahren vielleicht schon, der Tag, an dem die Märchenerzähler aller Welt ein neues Märchen erzählen.

Um die Mittagszeit tauchten die Kinder aus der Nachbarschaft auf. Sie liefen durch den Garten, riefen nach Hans, schauten in den Stall und klopften an das Haustor. Doch niemand öffnete. Sie setzten sich auf die Steinstufen und rätselten, was passiert sein könnte.

Meike mutmaßte, Hans könnte beim Kakerlakenschach die Zeit vergessen haben. Michi erinnerte daran, dass der Wasserhahn in der vergangenen Woche getropft habe und Hans vielleicht auf der Suche nach einem Klempner bis Amerika gefahren sein könnte. Tina meinte, es wäre möglich, dass ihm beim Schwimmen im Ammersee was passiert sei, denn ein Märchenerzähler lebt gefährlich, kennt er doch viele Geheimnisse. Uta wies darauf hin, dass er häufig den Soleweg entlang ginge und sich in den Salzstollen auf der Suche nach dem „Goldenen Deichelbohrer" verirrt haben könnte. Bernhard warf ein, dass Hans ganz gerne zur alten Kapelle ginge, dort auf einem Stein säße und den Bäumen zuhörte. Und Inge sagte: Dann ist er bestimmt hineingegangen, um den neuen Pfarrer zu begrüßen. Peter schüttelte den Kopf, Armena machte sich auf die Suche nach Spuren, und Robert rief ihr hinterher: So hob i's gern!

Während sie warteten, erfanden sie viele schreckliche und schöne Dinge, die Hans vielleicht gerade jetzt erlebte.

Da kam der alte Suhrkamp vorbei, wie immer, mit grimmig-missmutig verzogenem Gesicht. Er schwang den Stock und drohte ihnen: Was steht ihr hier so herum und macht unnützen Lärm! Geht nach Hause und schreibt lieber alles auf, anstatt hier herumzuschwätzen. Die menschliche Seele braucht Geschichten ebensosehr wie der Körper das Salz! Und - wer weiß das schon so genau, vielleicht interessiert es ja viele tausend Menschen, was aus Hans, dem Märchenerzähler, geworden sein könnte!

Und da es kein Menschenkind je wagen würde, einem renommierten Verleger zu widersprechen, liefen sie rasch nach Hause und begannen, all das aufzuschreiben und zu erzählen, was ihre Phantasie an Geschichten, Gedichten und Romanen in Kopf und Bauch entstehen ließ.

Das „Bittere Salz"

Rudolf Linner

Wir kennen die unterschiedlichsten Salzsorten.

Das beginnt mit dem üblichen Kochsalz, das in jedem Haushalt vorhanden ist. Aus diesem Spektrum ist noch die Vielfalt der Salzsorten zu nennen: das Meersalz, das Himalaja-Salz, das Viehsalz und noch viele andere Sorten mehr.

Ein Salz, das nicht in diesen Rahmen passt, ist das „Bittere Salz". So bezeichne ich das Salz der Tränen.

Tränen werden aus den unterschiedlichsten Gründen vergossen. Aus Glücksgefühlen, durch Lachen, bei Reizungen der Augen, aus Wut, aus seelischer Verletzung, weil wir einen geliebten Menschen verloren haben, und aus vielen anderen Gründen, die sich jeder Leser selbst ausmalen möge.

All diese Tränen, die „Bitteres Salz" enthalten, sind den vorgenannten Gründen zufolge erklär- und nachvollziehbar. Was jedoch nicht nachzuvollziehen ist, ist das bittere Salz, welches durch Tränen auftritt, deren Auslöser rohe und sinnlose Gewalt ist.

Wir begegnen ihr täglich. Sei es durch unverantwortliche Raserei im Straßenverkehr, wobei oft unschuldige Opfer zu beklagen sind. Oder unmotivierte Messerattacken von frustrierten Menschen, welche sich so abreagieren. Ihnen sind unschuldige und ahnungslose Menschen hilflos ausgeliefert. Auch Bombenanschläge, von sogenannten Terroristen verübt, bringen vielen Menschen den Tod und einer weitaus größeren Anzahl von Angehörigen Tränen, die „Bitteres Salz" enthalten, ganz abgesehen von der unendlichen Trauer dieser Hinterbliebenen.

In den Kriegs- und Krisengebieten sind auch sehr viele unschuldige Kinder Opfer von Kriegshandlungen geworden, denen aufgrund der seelischen und körperlichen Verletzungen ein normales, kindgerechtes Leben nicht mehr möglich ist.

Man stelle sich nur all die bitteren, salzigen Tränen vor, die aufgrund all dieser vorgenannten Gründe vergossen werden. Könnte man das „Bittere Salz" dieser Tränen sammeln, würde es sicher die Salzproduktion eines Jahres der gesamten Welt aufwiegen. So betrachtet ist das „Bittere Salz" der Tränen eine sehr große Masse, die nicht entstehen müsste. Solange sich die Menschheit nicht grundlegend ändert, wird es auch weiterhin so bleiben.

Lasst es uns aus eigenem Antrieb heraus so einrichten, dass keine bitteren, salzigen Tränen vergossen werden müssen. Kommt jetzt nicht mit der fadenscheinigen Behauptung: „Das kann ich doch nicht ändern." Jeder denkende Mensch kann sein Verhalten so einrichten, dass es im eigenen Lebensumkreis keine Tränen gibt, die „Bitteres Salz" enthalten. Viele Situationen, die zum Guten geführt haben, begannen mit Anstößen Einzelner. Sie haben klein begonnen und sind nach und nach zu einer Lawine angewachsen, die ganze Völker zur Besonnenheit und in eine neue und gute Richtung geführt haben.

Erinnern wir uns an die Verhaltensweise von Mahatma Gandhi und betrachten, was daraus geworden ist. Wir wenden unseren Blick nach Südafrika und denken daran, was der ständige, friedliche Widerstand von Nelson Mandela mit der Apartheid gemacht hat. Sie hat geendet und vielen Menschen dort ein besseres Leben gebracht. Auch die Bürgerbewegung, die Martin Luther King angestoßen und die ihm den Tod gebracht hat, begann mit kleinen Aktionen und führte für eine große Masse der farbigen Mitbürger in Amerika zu einem besseren Leben. Ein Beispiel aus jüngster Zeit ist das Engagement einer 16-jährigen Schwedin, die durch ihr Beispiel freitags Tausende junger Menschen auf die Straßen gebracht hat, um gegen den laschen Umgang der Politik im Zusammenhang mit der Klimakatastrophe zu demonstrieren. Auch dieses Beispiel zeigt schon erste Auswirkungen auf die Politik.

Und so gibt es eine Vielzahl von Beispielen, die als kleine Bewegungen von Einzelnen begonnen haben und im Laufe der Zeit zu festen und menschenwürdigen Zuständen geführt haben.

Also, liebe Mitmenschen, vermeidet Anlässe in eurer Verhaltensweise, die zu Tränen mit „Bitterem Salz" führen können.

Soiz

Sepp Obermüller

Vor ganz vui Johr hams des entdeckt,
wos do in unsre Berg drin steckt.
A's Soiz obbaun is worn begonna,
de ganze Gegend hot do gwonna.

Daß weida bringan eahna Soiz
hams Schneisn g'schlogn durch ganz vui Hoiz.
A's Deicheln legn wurd do ogfangt,
bis Traunstoa hat de Sole glangt.

Do z'Traunstoa san's do ned stehbliebm,
se ham de Leitung weida triebm
mit schwara Arbat, Tog für Tog,
bis Rosenheim, des war a Plog.

Vorbei is de Salinazeit,
s'is nua mehr Nostalgie bloß heit.
Wos unsre Vorfahrn do gleist ham,
des bracht ma jetza nimma zamm.

Da Mensch as Soiz zum Lebn braucht,
ohne Soiz, do waarn man gschlaucht.
Denn Mensch und Vieh, ja s' ganze Lebn
tat's ohne Soiz schier gor ned gebn.

Wei a Ehr is as Schreiben von Gschichtn,
tua i aufs Honorar vazichtn,
mog mei Gedicht umsonst vazähln
und werd koa gsoizne Rechnung stelln.

Das Salz in der Suppe

Wolfgang Rendl

Virginia City ... oder so ähnlich. Die Straßen leergefegt, alle drängen sich vorsichtig mit dem Rücken an die Häuserwände. Alle ... bis auf einen. John muss er heißen oder Jim oder Tom oder Sam. Nein, das sind seine Handlanger, die zwei Meter hinter ihm stehen. Üble Typen, die Schusshand nicht weit weg vom Colt, auch wenn es nichts zu tun gibt. Der Boss hat Platz genommen mitten auf der Straße, direkt vor dem Saloon. Ein Tisch vor ihm, der Barkeeper bringt eine Serviette. Nein, die legt der Boss sich schon selbst um. Die Hutkrempe tief hinabgezogen. Er zieht am Zigarillo und wartet. Sein Ultimatum läuft. Ängstliche Blicke mustern ihn. Er aber ist ganz Ohr, wartet auf heranpreschende Pferdehufe. Der Sheriff ist schon geflohen. Schade, keine Teer- und Federzeremonie. Jetzt aber nichts als Staub und Hitze. Die Geier kreisen hoch oben. Wer macht einen lässigen Spruch? Das wäre wenigstens etwas würzig, und der Boss mag das. „Jetzt wird wieder in die Hände gespuckt, wir steigern ...“

Ja, was denn? Blöder Spruch. War ohnehin der Leichenbestatter, zählt nicht. Bald verliert sich die Abendsonne hinter dem Geierfelsen und wenn dann nicht ...

Der Boss will Salz in seiner Suppe. Richtig verstanden, Salz. Egal woher. Gestern ein Bote aus dem Kaff nach Salt Lake City, wo bleibt er nur? Die Suppe wäre fertig. Sieht aus wie Kaktussud, nur für die Härtesten der Harten. Vielleicht auch etwas anderes. Jedenfalls ohne Salz. Da, der Bote! Er springt vom demnächst zusammenbrechenden Pferd, fuchtelt mit seiner Packtasche herum. Bloß nichts verschütten. „War erfolgreich, habe erzählt, mein Name ist Joseph Smith. Kam ihnen wie ein Himmelsbote vor", keucht er von sich. Smith ist Smith, hat sich nicht einmal verstellt. Die Handlanger prüfen den Tascheninhalt, Nicken.

Genugtuung und Erleichterung, je nach Standpunkt. Die Suppe wird aufgetischt. Eine Prise Salz, das genügt. Gedachter leiser Trommelwirbel. In Wahrheit aber ein anderes Geräusch: ein „Flatsch". Ein vorsichtiges Raunen. Etwas ist in der Suppe aufgespritzt. Die Hutkrempe bewegt sich nach oben. Stechender Blick. Ein Geier also war´s. Schon liebkost der Boss seinen Colt in der Hand. „Hol´s der Geier!" Opa Jack hat es in seinem Schaukelstuhl auf der nahen Veranda gekrächzt. Hundertfaches Schlucken. Man sieht es, der Boss wird zielen. Er zielt immer sehr genau. Alle mit gesenktem Blick, auch Opa Jack. Das Gehirn vom Boss scheint in Betrieb genommen. „Ganz schön versalzen, was?"

Richtig, das war von ihm selbst, höchstpersönlich. Grimmig grinst er. Dann fallen die Schüsse aus genau fünf Colts. Umsonst geduckt. Ein krachendes Salut war´s in den Himmel. Blind, aber nicht blindwütig. Nur ein Geier stürzt herab. „War nicht so gemeint", raunt ihm der Boss zu. Und alle dürfen den Geistreichen beim Essen bewundern, natürlich mit neuem Teller. Vielleicht ein Storyteller.

Ohne Salz ist das Leben nicht süß

Anni Stiegler

Es roch nach Pellkartoffeln. Salz knirschte unter Tildas Sohlen. Es war der erste Sonntag im Monat, an dem sich die Eltern regelmäßig trafen.

Pellkartoffeln hatte es freitags zu Hause immer gegeben. Tilda erinnerte sich, wie der Vater mit dem Messer etwas von der gepellten Knolle abschnitt, ein Stück Butter dazugab und mit drei Fingern Salz aus dem Salzfässchen auf die Schnittstelle streute, bevor er den Bissen in den Mund schob. Tilda hatte diesen kleinen Tiegel aus Keramik mit blauen Blumenranken und einer Fassung aus Silber vor Augen. Es hieß, es sei ein wertvolles Andenken an die Großmutter. Sie hatte es aus Schlesien mitgebracht.

Tilda erinnerte sich nicht an den Grund. Vielleicht war sie auch noch zu klein, zu verstehen, worüber die Eltern lautstark stritten. Plötzlich hatte der Vater nach dem kostbaren Salzgefäß auf dem Tisch gegriffen und es durch die Küche geschleudert. Der kleine Tiegel war zerbrochen, das Salz lag verstreut auf dem Boden.

Damals war die Mutter wortlos aufgestanden und hatte die Tür zugeworfen. Der Vater war, sein Kinn in die Hände gestützt, am Tisch sitzengeblieben.

»Lass nur, Kind!«, hatte er gesagt, aber Tilda war aufgestanden und hatte das Salz aufgefegt, die Scherbenreste auf den Tisch gelegt.

Tilda hatte die Mutter wenig später singen hören. Wann immer die Eltern stritten, stürmte die Mutter hinaus, schloss sich ein, und sang. Tilda hörte vom Lindenbaum, vom Brunnen vor dem Tore, vom Blumenkranz und Nachtigallen, von der launischen Forelle. Am nächsten Morgen saßen Vater und Mutter, am Frühstückstisch. Als sei nichts geschehen, als hätte es diesen Zornesausbruch mit Scherben gar nicht gegeben. Es gab sogar ein Frühstücksei. Bevor der Vater das Ei abpellte, füllte er Salz in das kleine Tiegelchen, das nun aus den Scherben zusammengesetzt war. Etwas Salz ging daneben. Mit dem Handballen schob er die Salzkörner zusammen und gab sie auf sein Brot. Die Mutter sagte: »Salzverstreuen gibt Streit!« Dabei schaute sie den Vater mit hochgezogenen Augenbrauen über den Rand ihrer Kaffeetasse an.

»Ach ja?« - »Ein russisches Sprichwort besagt: ‚Ohne Salz ist das Leben nicht süß‘«, antwortete ihr Vater und tätschelte die Hand der Mutter.

Dass diese kleinen weißen Kristalle so eine magische Wirkung haben sollten, reiner Aberglaube! Genauso verhielt es sich mit dem Zucker auf der Fensterbank, der den Klapperstorch einlud, ein Baby zu bringen.

Tilda fürchtete sich davor, dass der Vater laut wurde, dass die Eltern zankten. Sicherheitshalber passte sie mit dem Salz sehr genau auf. Sie konnte noch nicht wissen, dass die Gründe für die Zerwürfnisse ihrer Eltern ganz woanders lagen.

Dass Salz einmal so wertvoll war wie Gold, lernte Tilda erst im Heimatkundeunterricht. Um kostbare Werte ging es auch bei Vater und Mutter. Es waren die Worte, die ihre Mutter auf die Goldwaage legte, behauptete der Vater. Die Gründe zum Streiten wurden nicht weniger.

Am Salz lag es nicht.

Als Tilda erwachsen war, trennten sich die Eltern. Ihre große Wohnung hatten sie in zwei kleine Wohnungen eingetauscht.

Der Vater lebte wie ein Sonderling. Es gab noch immer die emaillierte rote Tasse mit weißen Punkten im Bad. Wie früher nahm ihr Vater jeden Morgen die trockene Zahnbürste und tauchte die Borsten in die weißen Salzkristalle, um sich damit die Zähne zu putzen. Nie hatten seine Zähne der Behandlung eines Zahnarztes bedurft. Tilda hatte das Zähneputzen mit Salz einmal ausprobiert. Das Zahnfleisch fühlte sich wund an, und der Salzgeschmack war eklig.

In seinem Wohnzimmer stapelten sich die Bücher. Literatur über biologische Funktionsprinzipien und technische Anwendungen las er.

Ihre Mutter wohnte im Erdgeschoss. Sie pflanzte Blumen, sonnte sich im Garten, sang im Kirchenchor: »Du meine Seele, singe!«

Die Eltern trafen sich an Feiertagen wie Weihnachten und Ostern und luden ihre Tochter ein.

Wenn Tilda zu Besuch kam, hatte der Vater den Tisch festlich gedeckt. Heute gab es Ofenkartoffeln mit Sauerrahm und Garnelen, und auf dem Tisch stand wie 1958 das aus den Tonscherben zusammengeklebte Salztiegelchen.

Fast Food

Sybille Trapp

Zwölf Uhr Mittag, endlich Pause!
Missis Minit braucht 'ne Jause,
Die der Mister nicht verweigert,
'S Mädel doch den Umsatz steigert.
Arbeitet stets im Akkord,
Ohne je ein Klagewort
Repariert es fleißig Schuhe,
Gönnt sich nie ein Weilchen Ruhe.
Aber Essen, das muss sein,
Das sieht auch der Mister ein.
Ist ja nur ein schneller Imbiss,
Den sich gönnt die taffe Missis.
Vom Fast-Food-Stand nebenan
Ist sie mächtig angetan.
Pommes, Ketchup, Currywurst,
Kühle Cola gegen Durst

Ordert sie wie jeden Tag.

Doch heut' gar nicht schmecken mag

Das Menü, dem fehlt noch was.

Ohne Salz, das ist echt krass,

Sind die Pommes hier serviert.

Missis Minit kurz sinniert,

Nimmt den Salzstreuer zur Hand,

Den sie auf dem Stehtisch fand.

Und sein Inhalt rieselt munter

Auf die krossen Fritten runter.

Widersteh'n kann jetzt nicht mehr

Missis Minit dem Verzehr

Dieser nachgewürzten Speise.

Doch in ungewohnter Weise

Verzieht den Mund sie sonderbar.

Beim ersten Bissen wird' ihr klar:

Nicht Salz des Streuers Inhalt ist,

Sondern Zucker, so ein Mist!

Cum grano salis

Peter Witt

Cum grano salis: „Mit einem Körnchen Salz (Wahrheit)". Eine Redewendung, mit der man eine Aussage einschränkt.

Der Ausdruck wird verwendet um hervorzuheben, dass man das Gesagte eventuell nicht ganz wörtlich nehmen kann. Man solle sich nicht ganz sicher sein, was die Aussage betrifft. Womöglich könne damit ein gewisser Spielraum eröffnet werden, der zu Spekulationen herausfordern darf. Das Ausgesagte entbehre nicht einer Ungenauigkeit, zumindest soll es nicht als gleichsam in Stein gemeißelt dargestellt sein. Ferner könne damit sogar angedeutet werden, dass eine leichte Übertreibung und ein vertretbarer Sarkasmus damit verbunden ist. Interessant ist in diesem Zusammenhang, dass das lateinische Substantiv *sal* neben der Hauptbedeutung als „Salz" auch mit „Witz" oder „Klugheit" übersetzt werden kann. Der Leser oder Hörer sollte davon unterrichtet werden, dass es darauf ankomme, das Mitgeteilte nicht unkritisch, sondern mit Bedacht aufzufassen.

Ein Beispiel für die Verwendung:

„In seinen letzten Romanen lässt sich *cum grano salis* erkennen, dass er immer davon lebte, von Frauen anerkannt zu werden, und er es bis zuletzt nicht akzeptiert hat, dass es schon lange nicht mehr so war." (Ein Kritiker zum Alterswerk eines großen Schriftstellers.)

Cum grano salis sollte man wie Salz sparsam verwenden, grundsätzlich könnte man dies aber immer tun.

Geschichte – geschehen, vergangen

Ein Allerunterthänigst gestelltes Gesuch an die Königliche Salinenadministration

Uta Grabmüller

> *Wer gerne in alten Archivunterlagen gräbt, kann süchtig werden. So geschah es auch beim Fund alter Dokumente aus dem Bestand des ehemaligen Forstamts Marquartstein: Die alten, schier unlesbaren Papiere zeigen wunderliche Begebenheiten auf; verblichene Lebensumstände bekamen wieder Farbe; und die Gestalt eines eigenwilligen Oberförsters aus dem frühen 19. Jahrhundert wurde wieder lebendig.*

Er hieß Franz Josef Cyprian. Im Nordflügel der Burg Marquartstein stand sein Schreibtisch mit den verstaubten Papieren, Rechnungen und Lieferzetteln, die er endlich bearbeiten wollte.

Aber er war grantig. Da hatte er nun erfolgreich am Churfürstlichen Schulhause in München Forstwissenschaft studiert, war stolzer Oberförster der Königlichen Forst- und Salineninspektion geworden und hauste – wir schreiben das Jahr 1808 – mehr schlecht als recht in der alten, kalten Burgruine Marquartstein. Unermüdlich klagte er in vielen Briefen seinen Vorgesetzten im Salinenamt Traunstein sein großes Leid.

Dort stand zu lesen: Er verdiente zu wenig, konnte mit den ihm überlassenen, kargen Äckern nicht einmal das Futter für sein Dienstpferd und die beiden Kühe erwirtschaften, und er fand den Anstieg zur Burg viel zu steil. Seine Kutsche war auf der schadhaften Brücke bei Übersee mitsamt der Kasse und den Pachtgeldern in die Tiroler Ache gefallen, und zu allem Unglück sah er auch noch seinen Pelz im Fluss treiben bis zum Chiemsee …

Was für ein elendes Leben!

Knurrig stand Oberförster Cyprian auf und starrte aus dem Fenster hoch über dem Achental in den Abendhimmel. Die Sonne stand schon tief über dem Westufer des Chiemsees.

Ojaaa – er wusste wohl, wie wichtig ein Forstbeamter für das bairische Vaterland war! Litt es doch allerorten unter allgemeinem Holzmangel. Holz wurde überall gebraucht, zum Bauen, zum Heizen, zur Erzverarbeitung, seit 189 Jahren auch für die Deicheln der Soleleitung von Reichenhall her und erst recht für die unersättliche Saline in Traunstein!

Und wer konnte für das nötige Holz, diesen wertvollen Rohstoff, sorgen? Die Königlichen Forstbeamten mit ihrer Arbeit zum Erhalt der Salinenwälder! Wer beaufsichtigte denn die vielen Waldarbeiter?

Wer wüsste es besser als er? Hatte er doch damals, 1803, in München ein Buch herausgebracht, in dem der dem Forstwesen seinen wichtigen Platz zuwies. Es hieß: „Was soll der Forstbeamte verstehen?" Viel, fand Cyprian! Mehr als nur die Aufsicht über die Jagdreviere, den Einsatz der Holzknechte, die Wildfütterung und die Zubereitung von Salzlecken! Jaaa! Nämlich auch noch Physik, Botanik, Zoologie, Mathematik, Landwirtschaft, Forstterminologik und die ganze Enzyklopädie aller Kameralwissenschaften.

Oho! Das war doch was! Das alles hatte er in seinem Buch beschrieben.
Wütend schlug der Oberförster auf die Tischplatte. Und er schrie, heiser vor lauter Zorn: „Da schinde ich mich hier in den Salinenwäldern tagaus, tagein, ärgere ich mich mit den Bauern herum, sorge für den guten Holzbestand und treibe mühselig die Pachtgelder für die königliche Kasse ein … Aber mein Gehalt ist lächerlich, mein Dienstsitz in der Burg ist schäbig, die Mauern verfallen, und durch das Dach regnet es herein!" schimpfte Cyprian.

„Die im Salinenamt in Traunstein verdienen sich eine goldene Nase mit dem Weißen Gold! Sie haben ein prachtvolles Salzmeierhaus am Stadtplatz gebaut. Was habe ich von dem Prunk? Dort hängen im großen schönen Kommissionssaal sechs Gemälde, die *ich* gekauft habe! Die Salinenverwaltung schreibt, dass ‚die

Mahlereyen …zur Decoration des Saales im Salzmayrhause' wohl dienen, aber sehe ich deshalb meine 392 Gulden wieder?"

Cyprian seufzte. Wie sollte er seinen Dienstherrn klarmachen, dass er etwas besseres verdiente, als in der verfallenden Burg zu hausen? Hatte er nicht, genau wie seine Försterkollegen in den Salforsten, viel Arbeit und große Verantwortung?

Er wollte es noch einmal versuchen. Noch einmal schreiben. Und ganz höflich bitten, dass … Noch immer mürrisch zog er das Tintenfass mit der Gänsefeder zu sich heran, kramte einen sauberen Kanzleibogen aus einem Papierstapel, tunkte die Feder in die Tinte und schrieb vorsichtig, indem er sich vor Anstrengung auf die Zunge biss:

„Das zur Königlichen General Administration der Salinen Allerunterthänigst gestellte Gesuch des gehorsamst Unterzeichnenden …"

Was war das Ergebnis der vielen Bemühungen des Oberförsters, um bessere Arbeitsbedingungen zu erlangen? Das steht nicht in den Handschriften des Oberförsters, die verzweifelt endeten. Fakt ist: Die Dienststelle der Königlichen Forst- und Salineninspektion wurde von Marquartstein nach Traunstein verlegt, die Burg Marquartstein stand jahrzehntelang leer und verfiel. Bis 50 Jahre später mit einer Baronin aus England die Burg aus dem Dornröschenschlaf erwachte ...

Doch das ist eine andere und ebenso wahre Geschichte. Wie gesagt: Wer gerne in alten Archivunterlagen gräbt, kann süchtig werden.

Sweet & salty home Alabama

Meike K.-Fehrmann

Ihre Knöchel knacken beim Dehnen der schmerzenden Finger vom Nähen nach einem langen Arbeitstag. Seufzend lässt Rosa sich auf den Sitz fallen. Nur drei Stationen, dann ist sie zu Hause. Sie schaut aus dem Fenster. Am ersten Dezember steht Montgomery ganz im Zeichen der Weihnachtsvorfreude. In ihrer methodistischen Kirche probt heute Abend der Gospelchor für das Fest der Liebe, „Ihr seid das Salz der Erde", ein Song, über den sie viel nachgedacht hat. In der Mitte des Busses darf sie sitzen. Hier schwarz – da weiß. Hier Pfeffer – da Salz. Es ätzt, brennt in den Augen und auf der Haut. Ein weißer Mann nimmt vor ihr Platz. Ungenießbar in zu hoher Dosis.

„Steh auf!"

Rosa schreckt aus ihren Gedanken hoch.

„Siehst du nicht, wer vor dir sitzt?", tönt der Busfahrer.

„Ich störe nicht. Nur noch drei Stationen", raunt Rosa. Der weiße Mann schnauft verächtlich: „Bist du taub, Nigger?"

„*Wenn aber das Salz kraftlos geworden ist, womit soll gesalzen werden*", denkt Rosa an den Songtext und schaut dem Mann direkt in die Augen. Mit fester Stimme sagt sie: „Nein, Sir, es sind nur noch drei Stationen. Ich stehe nicht auf. Es ist Platz genug."

„Wenn du jetzt nicht aufstehst, hole ich die Polizei!"

Rosa schaut aus dem Fenster. Die Leute im Bus werden unruhig. Einige rufen, dass sie endlich den Platz freigeben soll. Sie wollen nach Haus, und zwar so schnell wie möglich. Bloß keinen Ärger machen.

„Wie du willst, Frau!"

Rosa sieht den Busfahrer und einige weiße Männer vor dem Bus gestikulieren.

„*Das Salz taugt zu nichts mehr, als hinausgeworfen und von den Menschen zertreten zu werden*", so geht der Bibelvers weiter, erinnert sich Rosa und atmet tief durch. Es sind doch nur noch drei Stationen.

Ein Polizist mit Schlagstock in der Hand betritt den Bus. Fluchtartig verlassen die Schwarzen den hinteren Teil des Fahrzeugs, während sich die Weißen vorne neugierig zu ihr umdrehen. Der Polizist ruft drohend: „Aufstehen!"

Sie wird sich nicht zertreten lassen. Mit stolzer Miene steht sie auf und verlässt den Bus, während von drinnen applaudiert wird. Der Polizist greift nach ihrem Arm, und sie riecht seinen salzigen Schweiß, als er ihr Handschellen anlegt. Es dämmert bereits und der Himmel verdunkelt sich langsam. „Es ist Zeit", denkt Rosa, „den Geschmack dieser Welt wieder etwas ins Gleichgewicht zu bringen." Zur Chorprobe wird sie es heute wahrscheinlich nicht schaffen. „Manchmal stimmt das Leben plötzlich einen ganz neuen Song an", überlegt Rosa, „dessen Takt und Text wir erst noch ins rechte Maß bringen müssen. Letztlich ist alles eine Frage der Dosierung."

Wia da Kaisa nach Rosenheim zum Bodn kema is

Hans-Peter Kreuzer

Anno 1879, am 21. Juli auf d`Nacht so umara Achte rum, is da Kaisa Wilhelm samt Gefolge in Rosenheim okema. D`Lok hod laut pfiffa und dampft, wia da ollahächste Zug im Bahnhof eigfahrn is. A Kaisaweda hods ned ghabt. Wia aus Schaffän hods grengt. D`Leit hobm se vom Regn freile ned obhoitn lassn. Es woilt ja koana de Sensation vasama.

D`Veteranen san scho batschnos gwen, hom aber fürn Kaisa und d`Hofleit, de dicht hinta eam hergschwanzlt san, tapfa Spalier gstandn. An jeda Eckn san Polizisten gwen und hom aufpasst, damit am Kaisa ja nix passiert. Auf den war nämle erst vor am Johr in Berlin gschossn worn; awa er hods üwalebt, da oide Haudegn, und jetzt war a do. „Hurra! Hurra! Heil unsam Kaisa!" hom d`Rosenheimer gschrian, und da hohe Herr hod eana vo am Podest runter freindle zuagwunga. Drauf hod da Burgamoasta Friedrich Stoll a Ansprach ghoidn, und danoch hod no a Schui-Deandl inara feschn Tracht am Kaisa zum Willkomm a Versal aufsogn derffa. Des hod dem hohen Herrn so guat gfoin, dass eam sogar a Lächln auskema is.

Nach da Begrüßung san d`Kutschna vorgfahrn. In de Scheenste is da Kaisa eigstiegn, und los is ganga übern Max-Joseph-Platz, durchs Mittertor zum Ludwigsplatz und weida bis zum Kaisabod. Nebam Marmorportal midm Kaiser-Emblem hod da kloa Flori, am Huaber-Seiler sei Bua, auf d`Ankunft vo de Kutschna scho gwart. Weit hoda d` Àugn und s`Mei aufgrissn, wia da Kaisa an eam vorbeigfahrn is. Mittn ins Gsicht hoda eam schaugn kena. No nia hoda so an schee zwirbedn Schnurrbart, so buschige Augnbraun und so an gfeidn Backnbart bis owe zum Uniformkrogn gsäng ghabt. Bloß a weng z`streng isa eam hoid vorkema, da Kaisa.

S` Kurhotel mid seim Soleheilbod war bei de hohen Herrschaften beliebt.
Vo de 53 Gastzimma und 40 Bodkabina hod da Kaisa de Ollabessan kriagt. Dafür hom scho sei Oberhofmarschall, da Graf Pückler, und sei Kammerherr, da Herr von Bülow, gsorgt ghabt. Im Empfangssaal san de Sänger vo da Liadartofä parat gstandn. Nach da Melodie vom Mozart „Üb immer Treu und Redlichkeit“ homs gsunga: „Der Kaiser ist ein lieber Mann / Er wohnet in Berlin / Und wär das nicht so weit von hier/ So ging ich heut noch hin“. Ja und natürle homs no etla Strophn dazua gsunga.

A hoawe Stund spata is da Kaisa ausgstreckt in da Bodwann glegn.

„Det nenne ick ne veritable Wohltat, Lauer!" hod a zu seim Leibarzt, dem Herrn von Lauer, gsogt, der neba eam aufam Hocka gsessn is und drauf gschaut hod, dass as Solewasser genau 37° Celsius warm war.

„Majestät", hod da Dokta drauf gsogt, „det hamse sich redlich verdient!"
Nach zwanzg Minutn im salzign Wasser is`s am Kaisa so guad ganga, dass a spata beim Diner glei doppet zuaglangt hod. In da Nacht hoda gschlaffa wia a Ratz.
Leida hod a scho am nächsten Dog in da Fruah nach Bad Gastein obreisn miassn.

Es war a bissl zwengs da Kur und a bissl zwengs da Weltpolitik.

„Er is scho a Hund, unsa Kaisa!", hom d`Rosenheima gsogt, nachdem da Zug abgfahrn war. Und in da Zeitung is am nachstn Dog gstandn, wia schee da Bsuach gwen is.

Der Salzschwur

Gustl Lex

„Gott zum Gruße", sagt der Bürgermeister zu den Ankömmlingen. „Willkommen bei uns in Gumbinnen, in eurer neuen Heimat." Gumbinnen ist eine kleine Stadt hoch in Ostpreußen an der Litauischen Grenze.

Man schreibt den 6. August 1732, und der Markplatz der Stadt ist voller Menschen. An ihren breitkrempigen Hüten, langen dunklen Röcken und den Wadenstrümpfen sieht man, dass sie von weit her kommen. Der Willkommensgruß des Bürgermeisters löst Jubel aus, denn endlich sind sie am Ziel der langen Reise.

Als sie an Mathais (24. Februar) ihre Reise im Pinzgau antreten mussten, waren sie 800 Männer, Frauen und Jugendliche. Ihr Landesherr, der Salzburger Bischof Firmian, hat sie aus der Heimat ausgewiesen. Anfangs glaubten sie nicht daran, war es doch Winter, und es lag viel Schnee, aber die Soldaten belehrten sie eines Besseren und trieben sie aus dem Land.

Beim Aufbruch wussten sie, dass es mühsam und beschwerlich wird, aber ihre kühnsten Phantasien reichten nicht annähernd an das, was sie tatsächlich erleiden mussten.

Um es kurz zu machen, allein aus ihrem Trupp haben vierundfünfzig den langen Marsch, ausgezehrt von Entbehrung, Kälte, Wind und Wetter, nicht überlebt.

Doch gottlob, jetzt ist es überstanden, sie sind angekommen und, wie es scheint, willkommen. In den Jubel der Menge brandet plötzlich eine Melodie auf, schwillt an und aus hunderten von Kehlen auf dem Marktplatz erklingt: „Ein feste Burg ist unser Gott." Wie oft haben sie das Lied in ihrer alten Heimat im geheimen angestimmt. Es ist von Martin Luther, und zu ihm dürfen sie sich jetzt offen bekennen. Ja, dieses Bekenntnis, diese Treue zu Glauben und Religion, war die Ursache, dass sie, vertrieben von Scholle, Haus und Hof, zu Heimatlosen wurden. Verfemte, verbannt und entwurzelt von Tradition, Sprache und Brauch. Aber was wäre das alles gegen die ständige Qual des Schmerzes über den Verlust der Kinder, die sie auf bischöfliche Anordnung zurücklassen mussten. Alle Nachkömmlinge unter zwölf Jahren wurden den Eltern erbarmungslos und gewaltsam entzogen, um in fremden katholischen Familien „im rechten Glauben" erzogen zu werden.

Die letzte Strophe des Liedes geht mit den Worten zu Ende: ... *„nehmen sie den Leib, Gut, Ehr, Kind und Weib, lass fahrn dahin, sie haben's kein' Gewinn, das Reich, es muss uns bleiben!"*

Gerade als Johann Wagenpichler, der Zugführer der Asylanten, mit seiner Frau und ihrem sechzehnjährigen Sohn die Rösser ausspannen, kommt der Bürgermeister mit einem Korb zu ihnen.

„Noch einmal herzlich willkommen", sagt er, „es ist schön, dass ihr jetzt da seid. Unser König Wilhelm weiß um die Not. Wird wohl 20 Jahre her sein, dass die Pestilenz fast alle Bewohner der Gegend wegraffte. Wir brauchen Leute, bin selber vor zwölf Jahren mit etlichen anderen Familien aus den Bergen von Graubünden hier angekommen, wir sind Calvinisten!"

„Wohl", sagt Wagenpichler, „es is guat, dann wern ma hier scho a Plaatzl finden. Zoagst uns halt, wo ma hi können. Arm seits dro, habts ja koane Berg, und allwei geht bei euch da Wind!"

Der Bürgermeister nickt, nimmt Brot und Salz aus dem Korb. Von dem Laib schneidet er drei große Stücke ab. Dann öffnet er das Salzfässchen und hält ihnen Brot und Salz hin und sagt: „Da nehmts - segn' euch Gott das Salz und Brot, dass nimmer leiden müsst die Not!"

Die Drei nahmen das Brot und bissen hungrig hinein. Als Vater Wagenpichler in das Salzfass griff, traf ihn ein Blitz der Erinnerung. „Wohl, so ham mas gschworn, damals beim Salz", und zum Bürgermeister sagt er, auf die Pferdedecke zeigend: „ Hock her, i werd da unser Gschicht erzähln, vom Salz!"

„Du woaßt ja, dass mir Exulanten sein, Vertriebne ausn Salzburger Gäu. Grad wia du mir das Salzfassl hinghalten hast, is mir alles wieder vor Augen kemma. Ja, Salz lasst nix verderbn, und so ham mas beim Salz versprochen. Aber fang ma von vorn o:

Schon vor a zwoahundert Jahr ham de Knappen und Bergleut drobn am Rauris und anderswo den evangelischen Glauben zu uns hoam ins Salzburgische bracht. Unsere Landesherrn, de Fürstbischöf, ham des zwar verboten, aber im Geheimen ham ma **unsern** Glaabn glebt. San zwar allweil wieder sekkiert worn, aber vor fünf Jahr is dann der Baron, da Firmian, Fürstbischof worn. Bua, des is a ganz a scharfer, der hat glei aus dem Boarischen de Jesuiten einer gholt. Woast eh, di solchan san Eiferer, ja man konn sagn, fast Teufln, du, de ham uns verfolgt.

Net grad in da Kirchn, na, sogar auf de Marktplätz hams predigt, und wer dort net higanga is, den hams mit de Strickreiter gholt. Was moanst, wia vui Häuser dass bei der Gelegenheit aufn Kopf gstellt ham, damit si unsere Bücher findn?

Weh, sie ham was aufto, dann bist vors Ketzergericht kemma. Mein Nachbarn, an Paul, hams mit na Lutherbibel erwischt, und weil er net abgschworn hat, is er glei in da Festung in Salzburg eigsperrt worn. Ja, es hat bei uns im Gäu an Haufa dawischt, und vui san a des Landes verwiesen worn.

Auf des auffe hat der Schmied z'Hüttau, da Stulebner Ruapp, oaner von unsere Obmänner, gsagt, dass so nimmer weiter geht, mir müaßn ma was toa und uns beschweren. Aber net nur beim Kaiser Karl, hat er gmoant, na, sondern glei beim Reichstag z' Regensburg, bei di Evangelischen. So hat er in alle Dörfer von unsere Pfleggerichte gschickt, natürlich im Geheimen, und stell da vür, neunzehntausend ham den Bittbrief zeichnet, den ma letzten Mai dann in Regensburg abgebn ham!" Wagenpichler macht eine Pause.

„Habts dann was erreicht?" fragt jetzt der Bürgermeister.

„Ja," sagt Wagenpichler, „die evangelischen Gesandten in Regensburg ham uns Hoffnung gmacht und zuagredt, dass ma uns offen bekenna solln. Auf des auffe ham dann ah die ersten a Schneid kriagt. Am Lexl-Tag (Alexander, 10. Juli) wars, da ham 16 Bauern in St.Veit eahnam Vikar a Schrift gebn, in der si sich offen Lutherisch zum kenna gebn, und sie ham ozoagt, dass mir mit na Bittschrift in Regensburg vorstellig worn san. Bua, da is aufganga, sofort is dem Bischof gsteckt worn, und der hat von Aufruhr gredt und Soldaten und Beamte in de Dörfer gschickt, dass alles aufnehman!"

„Da habts viel mitgmacht, aber was hat jetzt des mit dem Salz z'toan?" will jetzt der Bürgermeister wissen. „Lass da dawei," Hans Wagenpichler ist aufgewühlt, „lass da dawei, glei kimmts!" „Mir ham jetzt a Absprach braucht, und fürn Freitag, den 13. Juli, hat der Stulebner Ruapp dann unsere Vertauensleut von alle Dörfer im Pongau und Pinzgau zum Wirt nach Schwarzach gladn!"

„An di Hundertfünfzig wern ma gwen sei. Zerst is gsunga und bedt worn, unddann hat uns da Moosegger, a Prädikant, eigschworn: „Leut, hat er gsagt, es gehtnet um Haus, Geld und Guet! Naa, es geht und gilt für Leib und Seel! Aushalten, Leut, aushalten, wia Christus bein Kreuztragen. Er is für sei Evangeli in den Todgangen, sein Evangeli is unser Evangeli, er hat sichs nit nehma lassen, ist treublieben, und wir müssens a so machen, offen zuagebn, für was ma stehn!" Dann hat er a Salzfassal aufn Tisch gstellt und zu de Manner gsagt : „Wenns net Recht is, dann könn ma's ändern, wanns aber Recht is, so taucht jetzt jeder sein Fingerins Salz und schlecktn ab, denn mit'n Salz konn nix verderbn, a net unser Bund. Mit'n Salz, beim Salz ham alle Vertrauensleut gelobt, dass ma uns net abbringa lassen vom rechten evangelischen Glaabn. In weltlichen Sachen wolln ma am Fürstbischof gehorsam sei, ham ma gsagt, aber er muaß uns de Gewissenfreiheitgnadenweis gewährn. Auch is festglegt worn, dass ma no mal beim Reichstag vorstellig wird mit der Frag, wer uns denn aufnehmat, sollt ma gar aus Salzburg fort müaßen.

Dann is schlimm worn, denn unsere Boten zum Reichstag hams abgfangt, und der Firmian is alles inner worn. Es is da Befehl ausganga, dass außerhalb der Kirch sich d Leut nimmer z'sammfinden derfan. Sogar beim Kaiser und beim baierischen Kurfürst is er vorstellig worn und hat um Soldaten o gsuacht, weil mir Pinzgauer Bauern Rebellen san, hat uns da Grichtsschreiber verratn. Da Kaiser hat dann eh 5000 Mann gschickt und de Grenzen gsperrt. Nach Jakobi (25. Juli 1731) san mir alle nimmer in de Kirchen gangen. Ab da, ham ma unsere Kinder selber taufen und a unsere Toten dahoam in de Gärten eigrabn müaßen. Des war net einfach, ham ma doch selber koane gweihten Pfarrer, und s'Zammakemma war ja a verboten!"

„Des war hart für euch," bemerkte der Bürgermeister!

„Ja, es is aber no vui härter kemma," bemerkte Wagenpichler, „Schlag auf Schlag! Was hint umme alles glauffa is, wiss ma ja net, aber fürn 22. Oktober is von der Obrigkeit a Musterung der Gebirgsschützen ogsetzt worn. Wia ma alle otreten san, ham uns d'Soldaten de Gwehra abgnomma. Und dann san in der Nacht vom

27. zum 28. Oktober d'Soldaten und de Strickreiter kemma und ham de meisten von unsere Obmänner und Vertrauensleut gfangen gnomma und in da Festung in Salzburg eigsperrt, von mir ham's scheinbar nix gwißt!"

Ja, und am Sonntag nach Leonhardi (11. November) is dann des Emigrations Patent im ganzen Land ausghängt und nach der Mess verkündt worn. Da hats dann ghoaßen, dass ma ungehorsame Aufrührer san und auf der Stell unsere Bürger- und Handwerkrechte verlieren. Alle unangesessenen Lutheraner über zwölf Jahr müssen binnen acht Tag auswandern und alle angessenen, je nach Vermögen, spätestens in drei Monaten. Im Falle einer Weigerung wird die Emigration mit Gewalt durchgesetzt. Zerst ham ma's net glaabt, es war doch Winter, d'Straßen und de Pässe zuagschniebn. Und doch san vierzehn Tag drauf d'Soldaten kemma und ham de Dienstboten, Taglöhner und Handwerker festgnomma. Nur was tragn kinnan, mit schlechter Winterausrüstung und ohne Verpflegung ham's mit de Soldaten z'Fuaß nach Salzburg müaßen. Nach zwoa weitere Tagmärsch san's total kaputt, voller Hunger und fast erfroren an de Grenzstationen kemma, doch de Baiern und de Tiroler hams net eine lassen. In Lofer ham zwoahundert und in Teisendorf und Waging über achthundert Vertriebene bei eisiger Kältn in Stadeln ohne warme Kost und unter katastrophalen Verhältnissen warten müaßen. Über drei Wocha, erst am 19. Dezember, hat Baiern zum Durchzug de Grenzen aufgmacht, und in Tirol hats bis nach Weihnachten dauert, hams uns später erzählt. Des Schlimme war bei dene ersten Züg, neamand hat si auskennt, hat gwißt wia und was, net a mal de Oberen ham gwißt, wers aufnimmt. So san bis zum März no sechs Züg zsammgstellt worn, an de viertausend Flüchtlinge, umme nach Baiern, ins Schwäbische, Richtung Nürnberg und nach Württemberg. Man woas net, wia viel Hundert oder gar Tausend des net überlebt ham, de hat alle da Firmian auf'n Gwissen.

Uns, de Angesessenen, is dann scho besser ganga, denn an Liachtmess (2. Februar) hat der König von Preußen, da Friedrich Wilhelm, ein Einladungspatent ausgstellt. Er hat uns gar net kennt, aber im Gegensatz zum Firmian ham mir eahm erbarmt. Er hat uns a neue Heimat in seim Land versprocha, aber net nur des, er hat an Göd (Paten) gmacht. Zerst hat er den Firmian unter Druck gsetzt, dass ma a längere Frist zum Ausreisen kriang, dann bei alle deutschen Fürsten und Landesherrn um unser Durchroas und Unterstützung nachgsuacht, ja sogar a Verpflegungsgeld für d'Roas hat jede Person von eahm kriagt. In 15 Züg mit Ross und Wagn san ma groast. Über Nürnberg, Bayreuth, Hof, Zwickau is nach

Berlin ganga, und von dort in sechs Wocha jetzt daher zu euch. Ja, es war a a mords Strapaz, und gnua von uns san unterwegs gstorbn, aber der Preußenkönig is halt a Mensch und a Christ. Hoff ma, dass Gumbinnen uns a neue Hoamat werd.

„Dir, Bürgermoaster, dank i für d'Aufnahm, für Brot und Salz, denn beim Salz ham mas seinerzeit versprocha, denn Salz lasst nix verderbn."

Mammuttritte

Ina May

Vor-vorgestern

Über das Land ging der Blick und teilte die Ewigkeit. Die Eisflächen hatten sich zurückgezogen. Weiter, immer weiter.

Mir würde bald zu warm werden, ahnte ich. Ich sollte es nicht mögen, denn dann ginge es mir an den Kragen. Doch ich konnte das Gefühl der Sonnenstrahlen richtig genießen. Das helle gelbe Ding am Himmel war eine Zauberin. Mit ihr veränderte sich die Welt, wurde strahlend.

Die Schatten würden mich eines Tages finden. Noch war es nicht soweit. Die, die es gab, überragte ich ganz leicht. Fichten und Tannen reckten ihre Äste, die würde niemand so leicht bezwingen, sie hatten ihre eigene Methode, sich festzuhalten.

Ich stiefelte ungern durch die Farne, aber die Blumenwiesen mit ihrem süßen Duft, die hatten es mir angetan. Vorsichtig, wie ein Tänzer wollte ich mich vorwärts und seitwärts schieben, doch meine Schritte klangen mächtig, ließen die Erde erzittern. Ich blickte mich um. Aber da war niemand außer mir. Kein leichtfüßiger Tänzer, nur ein trampelndes Urviech.

Ich vernahm Stimmen. Mich zu verstecken würde mir nicht gelingen, ich musste riesig sein, mein Schatten war Zeuge.

Irgendwann würden mich die, denen die Stimmen gehörten, erlegen, aber der Winter war noch fern. Vielleicht kam er gar nicht in diesem Jahr?

Ich rieb mich an einem Felsen und dachte über das Leben und meine nächste Mahlzeit nach.

Die 1970er Jahre, fast schon Heute

»Ich werde zurückkommen!«, hatte ich versprochen, vor ganz langer Zeit. Aber wenn der Junge so weiter trödelte…, würde es nichts werden.

Wieviel Wasser musste denn noch den *Siegsdorfer Bach* hinunter fließen?

Ich kampierte im *Gerhartsreiter Graben* – eigentlich taten das meine Knochen – und fühlte mich fürchterlich schmutzig, womöglich roch ich dazu auch schlecht.

Ich war beinahe steinalt, so ein paar Tage, Wochen wären im Vergleich sicher nicht einmal einen Atemzug wert. Der Junge machte ein Geheimnis aus seinem Fund, auf die Art bekäme er von keiner Seite Hilfe.

»Schorschi, was sind denn deine Sachen wieder so dreckig, wo treibst du dich bloß immer rum?«, verschaffte sich eine nörgelnde Stimme Gehör. Da hatte sie mich noch nicht gesehen.

Nannte man so *Neugierde* - rumtreiben? Wenn seine Mutter wüsste …, von mir wird sie es nicht erfahren. Er machte ein Gesicht, der Lage angemessen, wie mir schien. Heimlich grinste er. Er hatte einen Schatz gefunden. Mich.

Die Stimmen klangen ganz anders, als ich sie in einer Zeit vor der Blumenwiesenwelt gewohnt war. Da waren es bloß Laute, ich bin froh, dass mehr daraus wurde. Schorschi flüsterte mit mir, als liefe ich auf zwei Beinen, hätte ein Gesicht und er sähe nicht bloß meine Knochen.

Ich drohte ihm schon am ersten Tag, als er weiß-Gott-was in diesem Bachlauf anstellte und am Ende des Tages, wie gerade, strubbelig und dreckig aussah. »Du musst jedes Rippchen finden, lass' nur ja nichts von mir in dem ekligen Tümpel zurück«, hatte ich gesagt. Er hatte mich annähernd verstanden.

»Kleiner, ich werde dich zusammensetzen.«

»Überall werden sie sich für dich interessieren, wir werden berühmt«, nickte er meinem Backenzahn zu. Wenn er mich tatsächlich für klein hielt, denn hätten wir ein ausgewachsenes Problem.

Überall war wo genau, und was meinte Schorschi mit *berühmt*? Er machte mir eine Heidenangst, mir, der ich derjenige war, der mit seinem Brüllen manches Mal die Jäger in die Flucht geschlagen hatte. Oder war es mein flammender Blick?

Der Junge hatte den ganzen Tag im Schlamm gegraben, ein paar Knochen in einen Sack gepackt, mich in sein Zuhause mitgenommen. Beim Abendbrot pendelte sein Kopf zur Seite, die Augen fielen ihm zu, er war erledigt. Mir hatte er etwas von Ferien erzählt und dass er nur zum Essen daheim auftauchen musste, sonst könnte er alles machen. Alles hatte gerade mit mir zu tun, das Lamento wegen seines Aussehens auch, aber da kam gleich noch mehr. »Schorschi, du kannst deinen Müll nicht einfach irgendwo abstellen. Ich hab ihn in die Tonne gestopft.«

Hätte ich noch Augen, wären die gerade riesig geworden.

Ein Schrei: »Mama!« Plötzlich war er wieder wach, schüttelte sich, sprang auf, rannte und schlug mit den Türen auf dem Weg zur Tonne, dass es nur so donnerte.

»Müll? Verdammt. Ich habe einen Saurier gefunden.«

Wirklich? Und der passte in eine Tüte? Hm, ein Saurier wäre eine Sensation, aber ich ertappte mich, wie ich gleichmütig eine Schulter hob. Schorschi klappte die Tonne auf, der ein grauenhaftes Lüftchen entstieg.

Nein, nein, nein – das war unsere Tüte! Mama hatte mich dort hinein gestopft. Dafür zeigte ich ihr die Zähne. Na schön, ich *wollte* sie ihr zeigen.

»Kleiner, duftig kriegen wir dich sicher nicht, aber ich putze dich vorsichtig.«

Ganz vorsichtig, wo ich schon ein wenig Substanz verloren hatte. Er bemühte sich, soviel war gewiss.

»Soll ich dir was sagen?« fragte er. »Ich bin echt froh. In der Schule wurde es besprochen, ich hab' aufgepasst. Der Chiemgau war ozeanisch - also salziges Meerwasser, und Salz konserviert.« Und Schorschi erklärte mir, warum es mich noch gab. »Die Meersalze haben den Ursprung in der Gesteinsverwitterung. Durch Regenwasser gelangten die Anionen und Kationen ins Grundwasser, und ganz sicher kamen diese kleinsten Teilchen so auch in den Gerhartsreiter Graben. Darum konntest du so lange durchhalten«, war er überzeugt.

Durchhalten. Ich schaute aufmerksam, denn das gerade war ein Seufzen? Schorschi brauchte dringend eine gute Idee, mein unbedingter Überlebenswille genügte nicht. Ich war von beachtlichem Ausmaß. Er zog die Tüte aus der Tonne, wischte sich die Finger an seiner Hose ab. »Ich schaffe es allein vielleicht nicht«, sagte er, deutete ein Kopfschütteln an. Ich hörte die Spur Traurigkeit. Als wäre auch die letzte Blumenwiese verschwunden.

Was war mit seiner Mutter, die hatte Hände wie Pfannen und sah aus, als könnte sie damit etwas anfangen. Er schaute kurz zum Haus. *Eher nein*, riet ich.

Als nächstes leerte er den Inhalt des Sacks auf dem Gras aus.

Ah, viel war es wirklich nicht, aber er hatte einen Stoßzahn von mir. Ich deutete darauf. »Wenn ich jemanden von meinem Fund erzähle, dann wird sicher eine Firma weitermachen. Sie werden dich aus dem Graben holen.«

Das klang nicht schlecht, doch Schorschi machte es nicht froh. Er verzog den Mund. Würde diese Firma seine Hände nicht mehr brauchen, wollte er das damit sagen?

»Du bist riesengroß, es sind ganz viele Knochen. Ich will, dass du zurückkommen kannst – ich melde es. Vielleicht noch eine Nacht darüber schlafen?«, fragte er nicht mich. Die Sonne war jedenfalls bereits untergegangen.

»Entschluss«, sagte er. Nun, ob mir diese neue Idee besser gefallen würde ... Schorschi machte den Eindruck, als hätte er etwas hinuntergewürgt und dann bemerkt, er hätte es vorher kleiner machen sollen.

Der Junge ging mit dem Sack in ein anderes Haus, da sirrten viele Stimmen umher. Mir was das zu laut. Schorschi zeigte auf mich. Die Gesichter verzogen sich, Augen-Blicke wurden hin- und zurückgeworfen.

Den Ausdruck kannte ich. So sahen die frühen Menschen aus, wenn sie etwas besonderes entdeckten, von dem sie nicht wussten, was es sein könnte oder wofür sie es brauchten.

»Schorschi, das ist sicher bloß eine Kuh, die schon vor Jahren in den Graben gerutscht und dort verendet ist. Wir sind dafür nicht zuständig, wir sind die Polizei«, bekam der Junge gesagt.

Auch so frühe Menschen. Es gab sie scheinbar immer noch. Eine Kuh war ein schmächtiges Tier und trug ein Fleckenkleid, deren Stoßzähne waren allerhöchstens winzig und saßen dazu an einer Stelle, wo man sie nicht so gut nutzen konnte. So eine Kuh hatte mich nicht aufgefressen. Schorschi packte mich wieder ein. Er hatte ihnen den Stoßzahn nicht gezeigt. Aber jetzt sah er nicht mehr so elend drein. Er grinste wieder. »Kleiner, wenn man etwas erledigt haben will, dann muss man es selber machen!« Er holte Luft und stieß sie wieder aus.

Vielleicht versuchte er, sich größer zu machen. Es klappte nicht, hätte ich ihm sagen können.

Doch es hörte sich an, als hätte er mir soeben ein Versprechen gegeben.

400 Jahre Soleleitung Reichenhall – Traunstein

Sabine Rosenberg

Es war einmal ein kleines Salzkorn aus einer Natursole,
welches aus den Lagerstätten des Reichenhaller Beckens kam.
Es sickerte behände mit Wasser durch poröses Kalkstein
zum Haselgebirge, zu den allertiefsten Salzschichten,
an deren Grenzflächen löste sich das Mineral.
So entstand auf natürliche Art und Weise die Sole.

Das kleine Salzkorn freute sich über so viel Veränderung.
Ist der Salzabbau nicht etwa die älteste Fabrik der Welt?
Schon seit Ewigkeiten siedet der Mensch Salz.
Den Römern gehörten jahrhundertelang die Siedepfannen.
Sie brachten neue Technik ins germanisch-keltische Land,
später bekam der heilige Rupert die Saline als Geschenk.

Unser kleines Salzkorn gehörte jetzt der katholischen Kirche,
nicht für immer, nein, denn es kauften die Bürger der Stadt

das weiße Gold der Erde; das Salzkorn fühlte sich nun als Schatz,
den die bayrischen Herzöge erstanden bald
und schufen so eine neue Blüte für die Siedereien.
Macht und Herrschaft hatte der, der das Salz besaß.
Später floss unser kleines Salzkorn durch lange Holzrohre.
In der Renaissance, der Zeit des geistig-genialen Fortschritts,
die Entwicklung ging rasant schnell voran,
konstruierte Simon Reiffenstuel eine Solehebemaschine.
Das Gefälle nutzend floss es bald in tiefer gelegene Brunnhäuser.

Unser kleines Salzkorn war glücklich, es liebte den Wandel.
Dennoch ist seine Herstellung immerzu gleichgeblieben.
Man erhitzte die Sole, damit wird es zum Kristall.
Das Salz wird getrocknet, verpackt und verkauft.
Früher triftete man riesige Mengen Holz die Traun hinab
Holz wurde zur Erhitzung der Sole gebraucht.

In den letzten 200 Jahren ersetzte man Holz
durch Torf, später Kohle, dann durch Heizöl und Gas.
Mit elektrischem Strom betreibt die Saline man heute.
Dank moderner Technologie ist der Energieverbrauch
nunmehr äußerst gering. Doch galt in den alten Zeiten
der Bau der Saline schon als technische Meisterleistung.

Nun fließt unser kleines Salzkorn inzwischen schon lange
stets munter von Reichenhall nach Traunstein Tag für Tag.
Es ist bestimmt sehr glücklich über all diese verflossene Zeit.
Deshalb lasst uns gedenken dieses besonderen Tags,
als erstmals am 15. Juli 1619 die Sole wundersam
von Reichenhall nach Traunstein floss.

An das wundervolle Werk der Herren Hofbaumeister Hanns und Simon Reiffenstuel

Sybille Trapp

Sonett

Du teures Meisterwerk, mit großer Kunst erbaut!
Das siedewürdig', kostbar Nass zum Salzbereiten
Durch das Gebirg' hinauf und auch hinab zu leiten,
Der Herzog seine Hofbaumeister hat betraut.

Du pumpst das flüssig' Gold in deinen hölzer'n Rohren
Von Reichenhall, wo Brennstoff mangelt für das Sieden,
Empor die Himmelsleiter – Göttlich Werk hienieden! –
Zum neuen Sudplatz in der Au vor Traunsteins Toren.

Am Oswaldstage sechzehnhundertneunzehn dann
Fängt man in Traunstein weißes Gold zu schmieden an.
O Wunderwerk, welch Reichtum wird durch dich beschert!

Doch wird des Salzes Glück nicht jedermann gewährt.
Denn jenes birgt unzähl'ge Mühen und Gefahren:
Vor zeitig Tod manch Sieder sich nicht kann bewahren.

Das Nachtessen ist fad

Martin Trautwein

Das Nachtessen ist fad.

Der Jacob sagt auch, 's Muas wär gscheid fad heit.

Der Vinz schweigt.

Wo des Soiz is, fragt der Jacob.

Der Vinz sagt, das Salz wär aus.

Der Jacob stochert mit der Gabel in seinen Brocken herum. De ganze Bluatsarbat, des ganze Hoiz aggrad fürs Siedwerk. Und nacha is ned amoi a Soiz do. Den Blechteller schiebt er weg, kramt Pfeife, Tabakbeutel und Messer aus der Rocktasche und legt alles neben sich auf die alte Bank. Ietz hädd ma endli Plotz für an Disch, schloft eh koana mehr do herobm außer uns. Er zupft ein Büschel Tabak aus dem Beutel und beginnt, das Kraut auf der Bank mit dem Messer zu zerkleinern.

I geh fuat, sagt der Vinz.

Fuat, sagt der Jacob. In d'Stod moanst.

Dass er beim alten Konrad vorsprechen war, erzählt der Vinz. Ob der a Arbat hätt. Des mit'm Hoiz, des wär eh vorbei.

Ja und, fragt der Jacob und stopft braune Schnitzel in den Pfeifenkopf. Hod a wos, da Konrad?

Scho, sagt der Vinz. Aba's Gäid –

Is eh nix mehr wert, sagt der Jacob.

Hier nicht, sagt der Vinz, ja. Aber einen Mann hätt er getroffen, am Abend, im Wirtshaus, in der Stadt. Der hat ihm was erzählt. Wo man hingehen könnt.

Der Jacob klemmt sich die Pfeife an, bläst eine graue Wolke in die Luft. Ja, und?

Wenn er hierbleibt, sagt der Vinz, brächt er's nie zu was. Er würd gern an Grund haben wollen, a Haus, a gscheits. Ned grod so a vawanzte Hiaban.

Ja, aba wo denn, fragt der Jacob. Er soid's hoid iatz endli song.

Kanada, sagt der Vinz.

Kana... ja, ob er jetzt spinnen würd, fragt der Jacob. Kanada.

Der Vinz zieht ein Stück Papier aus der Hosentasche. Do, des Bladdl hod a ihm mitgebm. Der Mann vom Wirtshaus, dass er einen Bruder hätt in Kanada. Und dass der dort a Arbat für ihn hätt.

Der Jacob nimmt das Papier. Er liest und raucht dabei. Der Vinz schaut zu, wie sich die Wolken unter der Decke sammeln.

Und d'Marei, fragt der Jacob.

Die Marei. Die Marei. Der Vinz sagt, mit der Marei und ihm, des wird nix werdn. Sie soll den Voitl heiraten, hätt er ihr gesagt. Der wo Meister is in der Eisenhüttn. Da wär sie besser dran.

Mei, Vinz, sagt der Jacob. Wos soi i do song –

Mogst ned mitkemma, fragt der Vinz. Jock! A Zuakunft. A neis Lebm!

Was? I?, sagt der Jacob. I woaß ned. Er schüttelt den Kopf. Kanada. Ja – na – des woaß i ned –

Lange schaun die beiden ins Feuer am Herd.

Des vafluachte Soiz.

Die Falschsalzer

Martin Trautwein

Aléxine im Türstock. Mit breitem Schritt, die Ellenbogen ausgestellt. Muss zusehn, wie drüben die beiden Soldaten die Raufen durchwühlen. Wühlen, wüten. Und ihre Bajonette ins Stroh stoßen. Der Häscher, wie er dasteht und den Soldaten Anweisung gibt, »Daaaa! Da hinten! Die dunkle Ecke!«.

Hinter Aléxine, im Innern der Hütte, liegen Tisch und Stuhl umgestürzt. Fetzen dazwischen und Stroh, Scherben überall. Vor ihr, da werkelt ihr Sohn Lazare an der Tür herum. Die Soldaten haben sie aus den Angeln gebrochen.

»Am End hat die Ziege das Salz verschluckt«, ruft der Häscher auf einmal und zeigt auf das magere Vieh, das vor dem Stall angebunden steht. Sieht zur Mutter im Triumph.

»Weh euch!«, schreit Aléxine. Und stürzt auf die Männer zu, zu spät aber – der Soldat hat die Klinge schon in das Fell gerammt. Und stößt nochmal zu. Und nochmal. Bis die Ziege zuckend am Boden liegt.

»Sie ist unser einziges Tier«, sagt Aléxine. Während der Soldat den Körper am Halsstrick vor ihren Augen umherschleift und schüttelt wie einen Sack.

»Nichts drin«, sagt er und grinst.

»Dafür soll Gott selbst euch zur Richtbank führen«, sagt Aléxine leise.

»Was?«, schreit der Häscher und geht ein paar Schritte auf Aléxine zu. Aléxine starrt in den Boden. Aus dem Augenwinkel fängt sie ein Bild, ist es Wirklichkeit, dass nämlich Lazare sachte ein Brett aufhebt vom Boden und prüft, wie es wohl in seiner Hand läge.

»Was faselst du, du Hure?«, schreit der Häscher. »Eine wie du sollt besser schweigen von Gott. Auf dich wartet die Hölle.«

Der Häscher gibt ein Zeichen, dass man abrücken werde.

»Wir waren heute nicht zum letzte Mal hier«, sagt er, wie er aufs Pferd steigt. »Hütet euch!«

Aléxine steht und sieht den Männern hinterher, wie sie den kleinen Pfad hinabtraben. Wie sie, einer nach dem anderen, unten im Wald verschwinden. Und steht noch und schaut, da ist der letzte Hufschlag längst verklungen.

Plötzlich, »Lazare!«, fährt sie ihren Sohn an, »lass endlich die verdammte Tür in Ruh!

Sie sinkt auf den Hackstock. Vergräbt ihren Kopf in den Händen.

»Nicht nötig«, sagt Lazare und wirft das Brett zu den anderen, dass es scheppert. »Da kommt er.«

Drüben, über dem kleinen Hügel: eine Schar. Helle und dunkle Silhouetten über dem grünen Gras. Eine der Gestalten löst sich von den anderen, rollt über die Weide herab auf die Hütte zu.

»Maman!«

Die Augen weiß aufgerissen, seine Hose, das Hemd, von oben bis unten mit Schlamm besudelt, so kommt der Junge zu stehen vor ihnen.

»Alphosine – die Jeanne – sie haben sie verhaftet!«

»Savin, wo zum Teufel bist du gewesen?«, fragt Aléxine.

»Ich hab die Soldaten vorm Haus gesehn«, sagt Savin. »Da bin ich zu Gaubert gelaufen.«

»Das hast du gut gemacht«, sagt Lazare.

Savin schluchzt leise. Die Mutter breitet die Arme aus, umschließt ihren Sohn fest. Spürt seine Knochen. Viel zu viele.

»Ich hab es gesehn«, sagt Savin in ihre Schulter. »Sie haben ihnen die Kleider runtergerissen und mit den Messern reingestochen. Da haben sie das Salz gefunden. Der Soldat hat Alphosine mit dem Gewehrkolben geschlagen. Sie lag so da, ich dachte, sie ist tot.«

»Und?«

Die Mutter lässt Savin los, nimmt seine Wangen zwischen die Hände.

»Und weiter? Savin!«

»Sie leben«, gibt ihr ein anderer die Antwort.

Es ist Gaubert – und hinter ihm Eusèbe und seine Mathilde, Bérard, der junge Émile, der alte Émile, so kommen sie, bis der kleine Hof voll steht von Menschen.

»Sie haben Dutzende verhaftet die Nacht«, sagt Gaubert. »Nachbarn, die die Steuern nicht mehr zahlen konnten. Schmuggler. Die Falschsalzer. Alle.«

»Die Soldaten haben sie im Schlosshof zusammengetrieben«, sagt Bérard. »Alphosine und Jeanne sind auch dabei.«

Die Mutter schließt die Augen und bläst die Luft durch die Lippen. Der Morgen antwortet ihr mit einer lauen Brise.

»In der Touraine brennen die Schlösser«, sagt Gaubert. »Rouzay, Saint-Antoine – die Bauern haben sie angezündet. Es ist an uns jetzt, wir müssen die Brüder und Schwestern zurückholen. Seid ihr bereit? Aléxine? Lazare!«

»Gott wird mit uns sein«, sagt Aléxine. »Brot und Salz, die hat er für uns doch gemacht. Für die Armen. Was haben die Fettsäcke dran zu schaffen.«

»Der Teufel soll sie holen«, sagt Mathilde. »Ihre Zeit ist um.«

Das Salz gehört allen.

Register der Autorinnen und Autoren

Danksagung

Liebe Leserin, lieber Leser,

viele Mitglieder unseres Vereins „Chiemgau-Autoren e.V.", aber auch einige Außenstehende haben ihre Zeit hergeschenkt, damit Sie heute dieses Buch in Ihren Händen halten können. Der Verein wurde vor fünf Jahren gegründet und umfasst im Frühjahr 2020 gut 60 Mitglieder. Über ein Drittel der Vereinsmitglieder hat sich in dem Projekt „Das Salz in der Suppe – sind wir" beteiligt. Als Vorsitzende möchte ich im Namen des Vorstands einigen Personen besondere Anerkennung aussprechen.

Ein herzliches Dankeschön, dass dieses Buch vollendet wurde, gebührt:

Uta Grabmüller für eine hervorragende Projektleitung über die gesamten Kulturtage 2019 hinweg, die Einberufung des Arbeitskreises, die Organisation der Veranstaltung in Grassau, das Korrekturlesen aller hier abgedruckten Texte und die Leitung für dieses Buchprojekt insgesamt.

Christine Heimannsberg für die Erstellung des Druck-PDFs dieses Buches.

Annemarie Singer für die Gestaltung des Covers.

Reinhold Schneider für die Spende des Coverfotos dieses Buches.

Weiterhin bedanken wir uns sehr herzlich bei folgenden Personen und Institutionen, die insbesondere dazu beigetragen haben, dass die Veranstaltung in Grassau, bei der die Texte im Museum „Salz und Moor" am 28. Juli 2019 präsentiert wurden, ein voller Erfolg war:

Allen Vereinsmitgliedern, die sich regelmäßig im monatlichen Arbeitskreis engagiert haben, um die Veranstaltung vorzubereiten.

Gudrun Bielenski für die Moderation des Abends.

Den Musikern Karl und Michaela Bocka für eine ausgezeichnete musikalische Verbindung zwischen den Texten.

Gudrun Bielenski, Sybille Trapp und Sabine Rosenberg für das erste Sichten und Korrigieren der Texte und die Unterstützung bei der Organisation.

Martin Trautwein für die Gestaltung der Plakate und Programmzettel.

Reinhold Schneider für die Unterstützung bei der Technik am Leseabend.

Annette Hendl, die den Büchertisch am Leseabend organisiert und so einige Werke der Chiemgau-Autoren an den Mann oder die Frau gebracht hat.

Stefan Kattari und seinem Team vom Klaushäusl Museum Salz & Moor für die Bereitstellung des Raumes für den Leseabend und die Verpflegung durch das Museumscafé.

Tamara Eder für den Pressetext.

Christian Hußmann und Anton Bernauer vom Landratsamt Traunstein für die Organisation der Chiemgauer Kulturtage insgesamt und die damit verbundenen Möglichkeiten zur Vernetzung von Kulturschaffenden.

Der Firma „Reichenhaller Salz" für die Spende von 60 mini Salzstreuern.

Der Kreissparkasse Traunstein - Trostberg für das Sponsoring der Druckkosten für Plakate und Flyer.

Und natürlich bedanken wir uns bei allen Autorinnen und Autoren, die Texte für diesen Sammelband kostenlos zur Verfügung gestellt haben und mit dem Erlös aus den Buchverkäufen die Arbeit unseres Vereins und damit die Literaturförderung in der Region unterstützen.

Im Namen des Vorstands „Chiemgau-Autoren e.V.",
Meike K.-Fehrmann